# 我终于把世界等成想要的样子

周荣丽◎著

金城出版社
GOLD WALL PRESS

**图书在版编目（CIP）数据**

我终于把世界等成想要的样子 / 周荣丽著 .—北京：
金城出版社，2016.7
ISBN 978-7-5155-1359-1

Ⅰ. ①我… Ⅱ. ①周… Ⅲ. ①散文集－中国－当代
Ⅳ. ① I267

中国版本图书馆 CIP 数据核字 (2016) 第 151037 号



**我终于把世界等成想要的样子**

---

**作　　者** 周荣丽
**责任编辑** 丁洪涛
**开　　本** 700 毫米 ×960 毫米　1/16
**印　　张** 16
**字　　数** 125 千字
**版　　次** 2016 年 8 月第 1 版　2017 年 1 月第 2 次印刷
**印　　刷** 北京金瀑印刷有限责任公司
**书　　号** ISBN 978–7–5155–1359-1
**定　　价** 29.80 元

---

**出版发行** **金城出版社** 北京市朝阳区利泽东二路 3 号
邮编：100102
**发 行 部** (010)84254364
**编 辑 部** (010)64210080
**总 编 室** (010)64228516
**网　　址** http://www.jccb.com.cn
**电子邮箱** jinchengchuban@163.com
**法律顾问** 陈鹰律师事务所　(010)64970501

序

# 大地上的诗性漫步

阳春三月，一股暖风吹到了我的案头。

一行又一行，细腻、澄澈、明亮；

一页又一页，鲜活、诗性、温暖。

开卷观景，和风扑面。

阳光在上，鸟语花香。

荣丽即将出版的散文书稿《我终于把世界等成想要的样子》让这个欣欣向荣的季节陡增了一份明丽。

## 一

“散文面对大地和事实，诗歌面对神和天空。”（贾平凹）

荣丽的散文叙说的都是“大地上的事情”，记录了自然界或作者身边的种种事物，我们司空见惯，却又每每熟视无睹。

风吹过，石头也要唱出自己的歌。柳枝、迎春花、红叶李、麻雀、芦苇……在荣丽用清丽灵动的笔墨赋予这些生长于大地的平凡生命以灵魂和诗意。

荣丽总会用独特的描述方式，兴致盎然地去观察虽微小却蕴涵着生命的庄严和奇妙的自然界，以心灵的承载、博爱的情怀，将散文与生命、与诗、与性灵重新系结，让我们仿佛第一次看到那些熟悉的事物。

> “有一只麻雀站在枝的最顶端，好心情地在枝间跳来跳去，丈量春天。”
>
> ——《早春，找春》

读着这样的句子，分明可以看到荣丽好奇而欢欣的眼神。总让人不禁感动于竟然还有这样一个真诚地关注大自然的人。

“若失却童心，便失却真心；失却真心，便失却真人。人而非真，全不复有初矣。”荣丽虽已人至中年，许是天性如此，抑或小学语文老师的职业使然，至今依然保鲜着一颗弥足珍贵的纯真童心。

> “还有呵，就像我跟你说的，有些东西啊，我宁愿永远不懂。这样的成长啊，我真的宁愿不要。一晃20多年过去，人生已过半……”
>
> ——《翻阅》

> “车身和车玻璃邀请到空气中的水汽，于静的夜慢慢凝结成冰花，密密地把自己粉饰了一番，自以为是地美丽着自娱自乐着。天亮的时候憋住笑，一本正经地站着，安静而又严肃地等待着主人。”
>
> ——《冬，早晨》

“我看青山多妩媚，料青山看我应如是”，这是荣丽最喜欢的一句词。“悠然心会，妙处难与君说”。

“天很低，似乎我的心轻轻一跃就能蹦上去。远处的天空是插向大地的，所以有了土地的灰色。近前的天空很蓝，蓝得近乎透明。云朵可着劲儿地白，圣洁纯净轻柔美轮美奂，没有哪一种语言能描绘出它的风姿……母亲很安静，我感觉着她的存在，心格外安宁。”

——《母亲》

荣丽以生命的诗性意识感受着生活于其中的客观世界，在她的体验里，到处都流露出生命的痕迹。

“你说我是个梦一样的女孩，秋冬时节的芦苇滩和满目的苇花总带给我无比震撼。苇花凄然地白着，满目苍茫，那苇秆轻晃而怆绝，仿佛随时准备折断。”

——《翻阅》

大地之上，直面生死枯荣的轮回，历经悲欢离合的往复，生命向着诗性敞开，于是便有了文学的飞翔，有了诗性的飞翔。

## 二

生命总在流浪，灵魂总在旅途。于是，就有了生命的诗性，就有了灵魂一路探索的美妙痕迹——文学艺术作品。

《我终于把世界等成想要的样子》开始只是荣丽一篇文章的题目，

但在我看来，这个题目却非常精到地概述了她笔下文字已经抵达的方向。于是，我们共同把它定为这部散文集的书名。

> “大晶说：看了你写的东西，我不知道什么感受，那时一起在窑洞里聊天看书的少女已经走过了千山万水，一路荆棘，一路成长……”
>
> ——《翻阅》

这是儿时好友对荣丽作品的“翻阅”后的感怀，因为大晶透过文字，看到了荣丽心中的清泉和眼中的风景。荣丽记叙人生，描摹生活，总能在不经意间发现诗质的温情与美丽。

> “突然很想写写医务室的小张儿……‘喝水，大量喝水！排毒！’看小张儿眉头纠结的样子，感觉特可爱。与小张儿接触得多了，看到她的表情便也丰富了起来……白驹过隙，在不经意回首的明眸里，一层一层的日子会覆压又会掀起，一页一页翻过，像小张儿这样的温良美好，我愿意她们在我的文字里留影，存于心海一角，让我感知，我每天触及的，是怎样的美好。”
>
> ——《小张儿》

荣丽对生活与人生的把握，总是从积极的一面入手。在她的眼里，归根结底，世界是美好的，生活是美好的。因此，生活中的那些感人细节，她都能洞察幽微、精准捕足，并以她女性特有的敏感与细腻精致呈现人生中美的珍藏，流淌在字里行间的总有春天的芬芳，阳光的温暖。

尽管生活中“不如意事常八九”，她总是满怀深情地凝视，在她的散文意蕴里有对人生无常的无奈慨叹，有对生命的同情与爱怜，彰显的总是悲天悯人的本真情怀，如《天堂走好，外婆》《尘封的记忆》《活着就是幸福》。

荣丽笔下的人物世事平凡普通，也许我们早已经习以为常，但就在这些习以为常的生活中，她却总让我们看到包孕无限的深层意蕴，引发我们的思考和共鸣，带给我们至亲至情的感动、至爱至纯的回味。

## 三

荣丽的文字是简练的，如风之行；荣丽的文字是清丽的，如水之流。但她的文字绝无“不食人间烟火”的所谓清新脱俗，不仅有“烟火气”，甚至还有泥土味儿，她是在农村长大的，她的文字从土地中拱出芽儿来。

> “立春在我们这里叫打春，几天前母亲就说马上就要打春了。”
>
> ——《今日立春》

从春到冬，四季轮回，她仍然系念着与农事有关的节气，民风民俗，也是津津乐道。

> “立春之日，民间还有‘打春’的习俗，是以‘鞭打春牛’来‘催农耕作’，带有典型的农耕特质。春牛有纸牛和泥牛之分，扮作芒神的人用红丝绸缠扎的鞭子猛抽春牛三下，即为‘打春牛’，意为打走春牛的懒惰，督促人们在春回大地之际，赶紧耕种。”
>
> ——《今日立春》

《不倾城，不倾国》，戏谑女性网购剁手党“不会倾国倾城”，只会“倾家荡产”，《装点》写一伙儿女同事买花草装点办公室的“花头儿经”，《买新衣》勾勒了爱美女子的众生相，《扫出的好心情》洋溢着持家主妇辛劳中的幸福……她思想和文思的触角率性延展伸张，梳理拾掇日常生活中的纷繁、驳杂与琐碎，凝视与感受那市井尘世中蕴涵着的快乐、愉悦和满足，处处见谐趣，处处见散淡，又处处见心灵开放的明媚与芬芳。

《我终于把世界等成想要的样子》这部散文集是荣丽生命的诗性漫步。正如文集第一辑的主标题和文章标题“走着走着，花就开了”，“我终于把世界等成想要的样子”。

荣丽的散文结集出版，恰逢其时。今天，她的文字与这个姹紫嫣红的季节一起绽放。

季　健

2016 年 3 月写于如皋

（季健为资深媒体人，江苏省作家协会会员、南通市作家协会理事、如皋市作家协会主席。）

# 目　录

## | 第一辑 |

## 走着走着，花就开了

时光安然，岁月静好。走着走着，花就开了。

## | 第二辑 |

# 可爱“紫红”爱“粉红”

那些美好的时光，那些芬芳的记忆，那些细碎的过往，轻轻捡拾，不必忆起，因为从不曾忘记。

## | 第三辑 |

# 记得当时年纪小

走过无数跌跌撞撞，挨过无数当头一棒，无论时光如何流转，最刻骨铭心的仍是年少过往。

## | 第四辑 |

# 不倾城，不倾国

未来被规划得丰满而充盈，日子就这样在忙碌和美好的念想中一天天碾过……

## | 第五辑 |

# 这些年，你辛苦了

这些年你辛苦了，写给很努力的自己！

## | 第六辑 |

# “偏安”一隅

时光是缓缓的，又是从容的，便在这份简单朴素中，让我浅笑嫣然，“偏安”于此。

# 第一辑

# 走着走着，花就开了

时光安然，岁月静好。走着走着，花就开了。

# 今日立春

立春在我们这里叫打春。几天前母亲就说马上就要打春了，心里便开始有了小小的祈盼，那是一种对温暖的期盼。对于畏寒怯冷的人来说，春天的来临是多么幸福啊！

昨天想着“五九六九沿河看柳”，便迫不及待地到护城河边去走了一遭，因为护城河边长了许多的柳。我的期盼到底是着急了点，护城河边的柳还是一派萧瑟的模样。意外地看到了两朵迎春，那醒目的黄惊醒了我所有沉睡的感觉。细看时，却发现那站错岗的迎春花的边缘还是被冬天狠狠地给虐坏了，直觉它俩已经不能吹起小喇叭向人们报告春天的喜讯。把垂柳的枝条拎了又拎望了又望，任我双瞳翦翦秋水望穿，感觉那绿意都是自己想出来的。春天，还不曾来呢！

老班长说今天立春，蓦地一惊，昨时今日便是两个季节了吗？莫非我在这一来一去中，撞上了春，又和冬走散？忽而明了，一种缘分相跟，便有一种缘分相离。不是我们不够珍惜，也不是我们不够执着。正如季节，冬天卸妆，春天出场，春花秋月，酷暑严寒，轮回之间，自有定数。愿与不愿，都无法成就一种聚散。唉，我这易感的小心脏！如果有了小忧伤，纯粹只因季节的变换，生命的无常。时间过得真快呀！

跟老班长戏谑，立春是在冬天里，立夏天气还没有热。是呢，是这样呢，立秋依然炎热，立冬确实还不冷。老班长不愧是老班长，说：已经蕴含春意了，春天正在地底下孕育萌发。是呢，春天正在来的路上，一蹴而就，一触即发该是经过多久长的酝酿？

立春立春，春天正在向我们打开大门。从立春当日一直到立夏前这段期间，都被称为春天。“度娘”说，立春以后，由于阳气上升、万物复苏、大地解冻、气温回升等因素，夜晚发出一种香甜、清新的气味，取代了秋冬季节灰尘、落叶的气味。我信，就像入冬，一夜之间冬的凛冽就能掀翻秋所有的缠绵悱恻。

立春是一个时间点，也可以是一个时间段。中国传统将立春的十五天分为三候：“一候东风解冻，二候蜇虫始振，三候鱼陟负冰”，说的是东风送暖，大地开始解冻。立春五日后，蛰居的虫类慢慢在洞中苏醒，再过五日，河里的冰开始融化，鱼开始到水面上游动，此时水面上还有没完全溶解的碎冰片，如同被鱼负着一般浮在水面。

听说中国古代有这样的习俗：立春快到来的时候，地方官会带着本地的知名人士去土地里挖一个坑，然后把羽毛、鸡毛等轻物质放在坑里。等到了某个时辰，坑里的羽毛和鸡毛会从坑里飘上来，这个时刻就是立春时辰，开始放鞭炮庆祝，预祝明年风调雨顺、五谷丰登。农历立春节气将至，我国民间有立春给小孩佩戴“春鸡”的习俗，寓意丰衣足食、茁壮成长、吉祥如意。立春之日，民间还有“打春”的习俗，是以“鞭打春牛”来“催农耕作”，带有典型的农耕特质。春牛有纸牛和泥牛之分，扮作芒神的人用红丝绸缠扎的鞭子猛抽春牛三下，即为“打春牛”，意为打走春牛的懒惰，督促人们在春回大地之际，赶紧耕种。

……

读着春的讯息，于我终究是一件乐事，想着春风和煦，万物回春，眼前仿佛已是一片桃红柳绿，生机盎然；陌上花开，我在嫣红中徜徉，馨香在鼻尖萦绕；春阳融融，我在窗前沏杯清茶，品茗书香。岁月静好，心湖微漾，闭上眼睛侧耳聆听，草根正在拼命地拔节拱土，赶赴一场春天的盛宴。心花在心湖绽放，温暖开始漫延。春天必然是美丽的，就像我们必然遇见。

你好，春天！

# 五九六九，沿河看柳

小区内草坪也好枝头也好，冰雪尚未消融。有阳光，虽然时近中午，依然一副未睡醒的样子。想着已是五九的第七天，不妨去护城河边转转，便不再犹豫。

半路上突然惊现一只大鸟，稀罕地衔着一根长长的枝，振翅高飞，匆忙而去。想来春天真的快到了，鸟儿是为春天的成家育雏做准备的吧！更想到护城河边看看了。

虽然护城河边绿化带的灌木丛和草坪上还有些许积雪，但护城河水已解冻，河水厚重，有风抚过，河面微漾，粼粼地，如一块厚质地的绸布，泛起道道欣喜的纹。民谚说，五九六九，沿河看柳。我的期盼似乎着急了点儿，可实在按捺不住心中的念想，款步至久违了一冬的护城河边，赴一场沿河看柳的约会。

河岸上的绿化带内，我不肯走那人工铺就的台阶和路面，专找草丛缝隙落脚。脚下虽不能算作松软，踩上去也已不是那么坚硬，再加上枯草的铺垫，每走一步，都觉出些微的摩挲与颤动。爬地草慵懒地躺在地上，享受着百年难遇低温后稀罕的温暖。片片黄叶舒展着干瘪的躯体，分明听见它们细细的气息呼进呼出。我忍不住蹲下身子，轻轻地拨弄，果然，我看到下面藏着的若有若无的绿意。亭亭的白杨树傲然屹立，棵棵精神抖擞，一扫往日缩颈收臂的模样，偶尔还有一只麻雀跃在高的枝头，快活地鸣叫。

看柳看柳，柳在哪里？心存期盼，却不急着去找。狗狗的低吼引我看向前面的灌木丛，一只长嘴尖喙宽翎的啄木鸟温婉了我的眼帘，它旁若无人地在黄叶间啄食，翎羽扇子般颠悠。小心地牵着狗狗跟了一程，终于是打扰了人家，扑棱一下扇到另一块灌木丛了。

从沿街草中间走向护城河边的时候，忍不住笑了，黑沉沉的沿街草又浓又密，分明是一个潦倒的艺术家纷披着好久没有打理的长发。稀疏有致的茶树像童话一样美丽着自己，小叶片又细又圆，幼嫩的绿意在枯枝间蹒跚。护城河边最多的是夹竹桃，无论什么造型，最终都弯弯地斜伸向河边，形成天然的绿色帐篷，仅留了人在中间穿行，还得些微地低下头。颓废的枝叶不再是凄凉的符号，似乎比我还焦急，还没等到春天的粉墨登场，倒在呼唤夏天的浓妆艳抹。这段外城河北面几乎全是夹竹桃，没有柳，柳全在河对岸。隔河望过去的时候，那柳如细瘦的长发，枯枯的，感觉不出一丝春天的气息。我便慢慢地走，决定绕过河去。

阳光暖暖的，风轻轻的，伸出去取景的手有点凉，镜头里却一亮，一抹浅黄做客眼帘，竟是两朵迎春，分外惹眼。细看处，感觉也是着急了点，边角似被霜雪冻坏了，不知能不能吹响春的号角。细细寻的时候反而不曾再有一朵。

柳树很多，细细长长的枝条如维吾尔族姑娘披散着的小辫子，有的对着水面照镜子，有的不时撩拨一下水面嬉戏。我细细地分辨，绿意似有还无，许是我的一厢情愿，或者根本就没有绿色。相机定格的画面里，分明绿色又多于枯黄，春天分明不再遥远，似乎正在排练，待时机成熟，即将闪亮登场。

# 早春，找春

立春已有二十余天，白天，尤其中午，阳光和煦，空气中弥漫着专属于春天的馥郁芬芳。雀跃春天来了的时候，早晚却寒气袭人，禁不住地哆嗦，便会疑惑：是春天吗？到底是不是春天呀！

记得很久以前听过一首《望春》："阳春三月去踏青，春色果然好……唯有一不足，尚有微寒直风吹。"每当春天有寒凉之风吹时，脑海中便会情不自禁映现这样的歌词，且是在脑海中轻哼轻唱轻回漾。也难怪呵，阳春三月，杨柳绿，河水清，梨花似白云。此时才二月末，最是早春时候，春寒料峭，虽有阳光普照，总是最难将息。我的期待还是早了高了呵，这样想着的时候，开始慢慢释然。

蜷缩了一个冬天的身体，在一个最是舒适的成天抱着被窝拥着软裘锦衾的假期过后，几乎已经适应不了这种冷的侵袭，还没到操场就被寒风送进了食堂。吃饱喝足，见时间尚早，又忍不住跑向了操场。第三圈的时候，望向西南那几株旺了一冬的茶花，还是那种感觉，红艳得像假的。小区里的茶花一冬也一直稀罕地艳着，让我困顿：茶花到底是在冬天开还是冬天不够冷？我已不想探究，我想找春天。

弯下身子在草坪中寻找的时候，有的草是嫩绿的，清清浅浅的绿，但还是太过浓烈了，没有从地底下刚冒出来的柔弱新鲜。有的草则蓊郁得发黑，那肯定是经历了严冬的洗礼。

慢慢地边看边找，丛丛交错的迎春花的枝条猛一看很是颓废衰败，细看时根部绿色攀缘过半，只有枝尖枯着，绿意盈然的枝条上已串上了春的气息。都说迎春是报春的使者，看来，春尚在襁褓中。

正准备放弃寻找，眼前突然一亮，叠叠的枝条中央，竟然有两点明黄，哦，不，是三点。两朵小喇叭似的迎春，很小，小得让你顿生爱怜之心，花虽小，却热烈地黄着，在瘦瘦的枝枝条条间，分外动人心弦，旁边还有一朵含苞待放，虽然只是三点，竟似点燃了整个春天。

于是我便想到周边的一圈红叶李，红叶李盛开的时节，很有满天星的味道，只不过星子不是散落在碧天里，而是徜徉在绛红的河床中。我欢快地奔向红叶李，仰头间，我不曾期待有花，就也不曾失望。芽苞俏立在枝头，红的芽尖已如花般绽开些许许的笑颜，到像花一般，精精巧巧，染满了我红透的相思。

忍不住把目光投向远处，古老的大成殿左侧的道路如时光隧道，一树胭红不期然跳进了眼眸。梅，春梅，报春的梅。

脚步变得轻盈，明知它早就在且一直都在，还是三步并做了两步。绿化带中一共三株梅花，米粒般的花蕾，半遮羞的，泼辣绽放的，竞相在早春里妖娆。二十四番花信风，一侯是梅花，便指的此梅呵。点点桃红在春光里跳跃闪烁，活色生香，脉脉含情，如少女粉粉的双颊，明媚得让所有形容的辞藻都显得暗淡。心不自禁地振奋，腾起异样的激动。旁边的腊梅傻傻地立着，满枝晶莹剔透，似乎还不肯让位，让我又欢喜又想笑它。我是如此地钟情腊梅，可总是过了冬天呵。乱了呢！

垂丝海棠呢？也是我春天里的牵挂，最爱那一树的嫩粉，在绿叶间热闹，能激动我半个春天。我跑过去的时候，疏枝斜影间，点点的朱红色小苞让我费尽了心思，都没弄清是花苞还是芽苞，有一只麻雀站在枝的最顶端，好心情地在枝间跳来跳去，丈量春天。

忍不住踩上那径曲曲弯弯的鹅卵石小路，小路的尽头，泮亭在早春里静默，暗红的琉璃瓦和亭柱诉说着岁月的变迁，旁边曾经的细竹已粗犷到风风火火。碑廊无语，似是久别重逢后想说的话太多，反而选择了沉默。

早春，找春；找春，早春。岁月的河流细数着四季的轮回，春天分明在来的路上，用一颗悠然欣喜的心，读早春路上的暖香与风景……

# ❈走着走着，花就开了

想再睡个回笼觉的，却被四周的鸟雀此起彼伏的赛歌招呼着越走越远。有麻雀站在枝头啁啾，呼朋引伴，从这棵树飞向另一棵树。有大的春鸟落在不远处，许是听到了我们的脚步声，从草丛“嗖”的一声惊起窜到河对岸，害得好奇地飞蹦过去的狗狗呆愣愣地站在河边支棱起双耳不知如何是好。听到粗粗的啼叫，那是喜鹊，登临在一栋楼的最高处，粗着嗓门儿，毁了它长翅白肚的端庄帅气。月儿还在西天，似乎还在等着什么，固执地不肯离去。太阳已经来接班了，悬在东方天与地的交接处，温温的，淡淡的黄，却在不知不觉中，丢了柔和，终于让你眯了眼不敢直视。一切似乎都不温不火，连同那村庄，那小河，那乡野。对，去田野吧，好久不见，去走走。

专选树多草多处前行，除了越来越是热烈的鸟鸣，好久都不见一个人影。一只大狗不知从哪里窜出来，狂吠，终于经不得我的无视，讪讪离去。黑黑的春鸟最是难看，声音却异外清脆，似乎带了春天的味道，引我向田头阡陌。

沿着河道，过了小区，青菜蚕豆任性地绿，红叶子的萝卜竟然开出了黄的花，在河边自在地淡黄。河道是修整过的，除了岸边依旧枯败的芦竹，水面的芦苇剪得只剩了 20 厘米的茎秆，在绿绿的浮萍之间诗意地枯。粗壮的柳树似乎斜得更厉害了，立于河畔却斜逸于河面之上，守了百年千年，却终究只能让自己投影在波心而无法相拥。若不是有铁丝围着，我倒想坐于枝桠间用脚逗那墨绿的水，让它以为我想与之亲热却绝不碰它，尝尝古柳的固执枯守。

楼宇间的活动小木屋像从童话里走出来的，孤零零地立于草坪的边缘，与几辆白的红的汽车对峙，仿佛误闯了凡尘的仙子，美轮美奂却又格格不入。

河对岸的断垣残壁亘古地立着，诉说着一个乡村的不甘，主人曾在这里荷锄东南，闲适自在。现如今满目疮痍，烟囱不再，青烟不飘，过往的岁月会不会终有一天渺渺无痕？残垣边的桃树枝条旁逸斜出，不久后芬芳的桃花是不是会“寂寞”？会不会“开无主”？高大的杨树与丁刺槐静立，喜鹊在枝头作答，侧耳半天，我终究没能明白片言只语。

早起的老妪一头银发，用力地挥了锋利的镰刀砍河边的芦竹，忍不住前去询问，是留了回去做篱笆牵豌豆藤，眼前竟现了一排溜的竹篱，上面嫩汪汪的藤蔓儿快活地在风中沙沙地唱。好呢，芦竹，你诗意了一生，又将快意地伴新生命同行，来来去去间，总不枉来这一遭呵。

田头的小路纵横交错，路边小草上的露珠纤小而晶莹，野菜开了白的花，散落丛间似满天星。一畦一畦间，麦苗嫩嫩地绿，细长的麦叶上缀满夜露，只在叶尖处挂一颗大的径自圆着晶亮着。甚是热情，细微微的风便让它摇头晃脑着和你招呼，你惊等那露珠滚落，麦苗便更加得意，那露珠似粘了胶水笑着你的惊愕。狗狗便忍不住纵横驰骋，惹了一身的湿丑得不行，又不懂照镜子，依然快活得什么似的。油菜的青叶上似撒了白粉，有的还傲娇地涂了胭脂，大棵大棵的，竟有少许许的开了黄的花，单薄得很，一点儿都不美艳，到显几许突兀。莴苣像极了大花，绿上托着红，红中泛着绿，那绿，鲜汪汪的，那红，暗沉沉的，泛了黑，带了紫，别有韵味。也有一块一块的空地，被冬天割裂成块块的浅沟，虽然解冻了松软了依然有深深浅浅的印痕，小野草和小青菜散落其间。有的则已被锄犁得平平整整，干干净净，许或黝黝的黑土下已有暗流涌动，只等春雷春雨的召唤，便破土而出。

走得远了，便有排排的芦竹搭成的人字形藩篱，下面的豆藤还不曾到攀援的时候，歪着头窃窃私语，思考着商量着附向哪株竹身。一眼望过去，深深浅浅的绿，蓬蓬勃勃的，绿了田头，绿了眼眉，绿了整个世界。两只黑脊白肚白尾叫不上名儿的俊鸟相伴着在田间轻盈，舞蹈般地掠向更远处。有叫天雀叽的一声从田的这头飞向田的那头……

时光安然，岁月静好。走着走着，花就开了。这样想着的时候，有不识得的农人笑着对我说："你家的小狗好耍子呢！"便笑："耍疯了，丑得很呢！"太阳开始有了温度，美好的一天又展开了笑颜。

# 我在春天等你

一直计划一年半之后每天早上也好晚上也好走着上班，用这种方法锻炼应该是非常惬意舒适的吧，心中充满向往。可那毕竟是在一年半之后，虽说光阴似箭弹指一挥，想想还是挺遥远。更多的时候自己是被困于一方狭窄天地，看街上人来人往游鱼一般极是艳羡。今天突然心血来潮，我为何要把计划搁于那么久远呢？不错，我今天就可以走起来。

把豆子（儿子）送到校门口之后拐了个弯找了个位置把车泊了，踏下大地的那一瞬间，感觉自己轻松而又踏实。我却不想快走，优哉游哉想看看沿途的风景。路上的行人说多不多说少不少，开始看到的多是环卫车和环卫工人。因有特殊的事情早起的时候，发现环卫车四五点的时候就开始在路道洒水，他们应该是一座城市中最朴素最不可或缺的风景吧！扫地的车经过的时候发出隆隆的声响，特制的巨型的红色圆盘状笤帚在车厢下面快活地转来转去，我一直没能搞清 6 个还是 8 个。想起很久以前作文写《我的理想》，一个学习成绩并不优秀的孩子，他说长大了要做环卫工人，然后发明一种不需要用手去扫的笤帚，装在汽车底盘上，以减少人力物力，尤其是看到环卫工人拿着笤帚一点一点地在大街上打扫的时候，这种念头就更加迫切。那时觉得这个理想挺好的，大加赞赏，现在果然，真的应了这句话“只有想不到的，没有做不到的”。不定这个设想就是那个孩子发明的呢！

地上是洒过水的，所以扫地车滚过的时候，一点点灰尘都没有。路边人行道绿化带店铺前打扫的大多是一些中年妇女，她们穿着黄色的马褂，细心地一点一点地在自己劳动的区域内不放过每一个角落和每一片纸屑。记得一次很晚的时候，冬天，在一个理发店里洗发，一个环卫工人也窜了进去，冻得直哆嗦。理发店的主人很显然跟她相熟，问她这么晚为什么还不回家，她说还没有到下班的时间。理发店主人说这么晚也没人来查的时候，她就说：“哎，那可不行，没有下班啊！”

人群渐渐多了起来，大多是送孩子的家长和上学的孩子，也许最辛苦的莫过于高中生和他们的父母了吧！不仅仅要起早带晚，更主要的还有思想上的困惑和精神上的压力，一个个面无表情步履匆匆全无朝气。

经过的小区的院落里，绿化带内有两棵春梅，紫红的那种，满树的花蕾端庄而又严肃，竟找不到一朵开的。路边绿化带里零星发现了几朵迎春花，特别肥大壮硕，鼓着喇叭，起劲地吹着。

高大的梧桐树最是壮观，疏朗如画的枝间挂满了小圆果果，在春天的风里跳着风铃才跳的舞蹈，没有鲜艳的色彩和清灵的脆响，却有一种迷离曼妙的神奇意韵。

街道两边蒸笼冒出热的烟腾着热的气，小笼包大包子相继出炉，油条麻团在油锅里嗞啦嗞啦地游动，水果店和超市也陆续开了门，第二早起的应该就是这些想着赚钱的行业吧！曾经有一个友友早上专门卖包子和面条，小小的店面顾客盈然，赚很多很多的钱，看到强盗吃肉看不到强盗受苦，店面六点开门，早上三四点便起了，要想生活得更好，不辛苦怎么能行呢！还有就是开出租车的轿车和小三轮儿，经过我身边的时候总会迟滞一下，我也总是歉然地笑一笑。一切都是静寂的，哪怕汽车驶过时压地的声响，偶尔传来的几声鸟鸣就显得格外清脆。

外城河的水在微风的吹拂下漾着细的波淡的纹，闪闪烁烁，似水晶，如琉璃。观音塔在晨色中异样地壮观和肃穆，太阳还没有出来，许或出来了只我看不见，已经有金色的光斑在塔的上端任性地明媚。天的尽头残月固执地翻阅着淡淡蓝的天空，审视着乍暖还寒的早春。内城河边古色古香的屋宇和古老的树，似乎在诉说着一段旷古悠远的传奇。定慧寺静寂，最高的那栋楼宇，屋檐下金色的雕镂在晨光里熠熠生辉。背脊和侧脸有了温度，太阳升起来了，转过身去的时候晃得眼睁不开。

垂柳的剪影，依然楚楚动人。泛绿的长枝终于长出了嫩的芽苞，细细的嫩嫩的，垂在城河边做着一个属于春天的梦。垂丝海棠的叶苞已经长成了花的俏模样。河对岸的迎春花乱发似的从岸上一直垂到了水边，已开得如帘如瀑，如满天的星子。匆匆上班的行人多了，剪碎一路的光晕，晨练的老人收音机里飘来一首杨钰莹的《我在春天里等你》：

淡淡思念 淡淡紫丁的芬芳／静静远去 静静时光的流淌／往事经过的地方 美丽的惆怅／就像那年那夜满天的星光／轻轻的风 轻轻摇动了梦想／悄悄转身 悄悄流泪的脸庞／温暖背影的目光 像从前一样／我的心在飘向春天的云上／我在春天等你／思念随风化做雨／等待花又开的时候和你在一起／天地之间守着我们的唯一／我在春天等你／山川岁月的约定……

# ❉五月，真好！

五月，真好！没有阳春三月初来乍到的惊喜，倒有几分绿意枝头闹的怡然自得。阳光明媚夹杂着几许温润，不急不躁，微风轻漾携带着些许惬意，心旷神怡。龙爪槐露出浅绿色的娇羞窥视着梧桐树的伟岸英姿，蒲公英盛开着金黄的妩媚吸引蜜蜂的青睐。丁香花期已过，葱葱茏茏地做着即为人母的美梦，海棠已经挂果，羞羞答答掩饰着少妇般的青涩。芍药怒放，为五月而歌；雪松葳蕤，为五月而妆。池塘中，荷叶已肥，一群橘红的小鱼锦上添花地游来游去，优雅的舞姿泛起涟漪圈圈。似乎有花骨朵藏头露尾，却掩饰不住玲珑可怜的笑靥。

五月，真好！整个护城河内外散发着赏心悦目的味道。假山旁边，几个小调皮用种种稚态上演着童真童趣，蚂蚁是他们心里的好奇，蝴蝶是他们眼中的快乐，追逐永远是他们乐此不疲的游戏。垂柳荫下，几对情侣用幅幅亲昵演绎着浪漫，石凳是他们栖息的枝头，绿茵是他们诉说的信纸，垂柳依依仿佛是他们你侬我侬的爱恋。鹤发童颜的老人舞着银剑打着太极用满头的白发诠释生命的无常与坚韧。一对老态龙钟的百岁翁媪互搀互扶，蹒跚盘桓于林荫路上，绿树不是他们要读的报纸，花朵也非他们想品的茶水，健康才是他们走了一圈又一圈的追求。画板前的少女长发被风撩起，微微后仰侧头凝神的样子，画中涓涓的流水、雀跃的花朵妆点这明媚怡丽的五月天。

五月，真好！淡淡的云飘过干净的天空，为纯净的蔚蓝染上美丽的心情，清风徐徐的下午六点，游人越来越稠，欢声笑语充满每个角落，在这片姹紫嫣红、生机盎然的风景中，着橘黄色服装的环卫工人，无疑是毫无二致的最美。

春末夏初，最美不过五月天。五月，真好！

# 南风微微

今天很好，风很好，阳光很好，心情也很好。

沿着老家如海河一路前行，跨过绵延的沟渠，小径婉约，似一条秀美的青稠于草丛灌木间穿梭，时隐时现，仿佛捉迷藏的孩子故意扰乱我的视线。

南风微微，轻拂面颊，用惬意诠释着凉爽。马兰丛丛，绿丝绦一样的叶片飘飘悠悠刻画着对六月夏天的浓浓情意。艾草舒展着小掌一般的枝叶，于风中轻歌轻舞，奶浆草延伸着纤细的条蔓，拖着一片片心形叶子，宛如一条条游动着的袖珍舞龙。紫花草将叶片紧紧贴住地面，似乎与世无争，只把粉紫的花穗举向空间，昭示生命的不息。枸杞的花期已过，一颗颗玲珑剔透的青果羞赧地钻进葳蕤的绿叶之间，半隐半现，而一根根尖锐的硬刺活脱脱展示那种呵护婴幼的母性的威严。

绿绿的爬地草挨挨挤挤，错综相偎，缠绵成丛，其间散落无数璀璨的小白花，喜欢叫它满天星，清清幽幽，自然淡雅，总会让我想到碧天里的星星。无论浅浅的舒展，淡淡的繁华，还是幽幽的风干，一任它开，一任它败，始终盈一抹白色芳华，不肯稍事将就，那梦幻般的枝枝桠桠，也涂一抹轻绿相随，不离不弃，永恒着一个执念：你生，我在；你亡，我伴；你一世白，我千秋绿；你在！我必在！

无以计数的草木，我熟悉的不多，认识的稀少，它们却极有灵性地与我点头致意，大大小小的叶子拍响富有韵律的掌声，丛丛草木翩跹着柔美的舞姿。风在草丛林间穿越，沙啦啦作响，那样柔软，勾兑成梦一样的旖旎。夕阳不忍退去，将橘红色织锦，轻轻地绾在西山。

踏入打靶台，半高的野草将我淹没，夕阳用余晖将一切优雅成物像，小草铺笺，灌木堆句，暮霭泼墨，杨柳赋词，幽静是一篇无与伦比的美。晚风如歌，隐约着归去调皮童稚的身影。小路成曲，缠绕着还巢鸟雀的余音。目光熟悉而又陌生，浅吟这一瓯浓夏。心灵，独酌这一杯黄昏。点头、颔首、微笑、招呼。感恩上苍，与我一份葱茏的盛夏，一页心旷神怡的山丘，一阙诗情画意的清凉，一帘翦翦柔情的祝福，一袭沁人心脾的慰藉，一场难舍难分的聚会，一段刻骨铭心的相逢。

西山莫非读懂了我的情绪，渐渐地退向深蓝的幕后，悠悠成琴弦。夜云也许看透了我的心事，轻盈地絮进深邃霄汉，装裱成画卷。最数星星善解人意，将童真一样的微笑谱写成一闪一闪的别离，光影流转，似嗔似喜，送我披着夜幕，浴着晚风，与之挥手，不疾不徐，回归。

# 夏夜真好

夏夜，真好。夜空是一纸深蓝色的信笺，而皎皎明月就是一个令人眼眸发亮的醒目文题，星儿挥毫，用旖旎的文字婉约成诗句，诗句里溢满无数传奇。阁阁窗口关不住温馨，让幸福的灯光直抵苍穹，与星月交相辉映。白杨伟岸而文质彬彬，绅士般聆听细风擦肩而过的呢喃絮语，那是犹抱琵琶半遮面的新柳，正在低眉信手续续弹的心事。木槿的馥郁让微风感染了芬芳。并非鼻息贪婪，而是这气味太过怡人；不是成心堕落，而是这夜色太过撩人。

月光如纱，铺天盖地，让你想起邓丽君唱歌时的那双眼睛，心也朦胧意也朦胧；远村连绵，柔和的曲线柔媚成词；近树如烟，柔美的风姿绰约成诗。没有妖媚的花朵勾引眼球，没有婉转的鸟鸣招惹耳聋。一片幽寂一片沉静，一杯清茶一篇舒心惬意的小文。心便在这字里行间徜徉，目光里盛满月光一样的柔和恬淡，面颊上落满夜空一样的安适宁静，耳朵暂且当做装饰品，偶尔聆听一下自己匀速平缓的呼吸。

披一袭霓裳，饮一杯清风，揽一轮明月，读千树与风对话，品万户窗口风情。醉了，弄不清楚自己只是这风景中的看客，还是自己也成为风景；自己仅仅是个读者，还是已经变成清词丽句中的一枚标点。因为月亮一直深情地凝望着那团瘦影穿梭于楼与楼之间的空地上，痴迷正浓。路灯也注视了许久，它的颈椎弯曲成问号，最终没有解开视力里的这道方程。星星满目好奇，远远地探着小脑袋，眨巴眨巴，仿佛询问月亮，你怎么有时候圆有时候扁，多么像夜空中一枚魔幻般的胸针。

夏夜凉风习习，或许就有浪漫的故事在杨柳之间酝酿，在融融华光下编辑，在远处的花园之内彩排。遐思层层包围，浮想联翩点燃了迷离渺渺。如果自己是一棵槐树，能否做成一叶扁舟，泛于汨罗，寻觅楚辞汉风；如果自己是一缕清风，能否幻化成一只蜜蜂穿越时空，采遍唐诗宋词；如果自己是一盏路灯，能否洗濯怕夜的孩子那缕恐惧，伴随迷失的心找回童真；如果自己是一阁窗口，能否用翦翦的目光将屋里的平淡读透，再用软言细语讲给皎洁的月儿，璀璨的星辰，还有那清凉似玉的晚风。

清楚地晓得凡世俗尘的自己并非精灵，最多能做一片树叶，依附于属于自己的枝头，憧憬；最多能做一贴窗花，装点别人的梦，映衬；最多能做一粒尘埃，在月下渴望于风中祈祷，在池边羡鱼。但思绪永远如皓月当空，在如此可人的夜晚，自己成了一只修道的千年白狐，禅悟着时光雕刻生命的拳拳爱心，月色是牛郎织女的祝福，星儿是亘古不变的纯情。

夏夜真好，你可以张开遐思的翅膀在自由的王国任意翱翔，你可以扬起遐思的风帆在空灵的幻境中尽情远航。

# ❉雨

去年那场雨铺天盖地怒涛般呼啸而来时，我毫无准备完全呆住，那是我所见过最喧嚣夸张的一场雨，就像积怨好久好久久到人们忘记了存在的怨妇，嚣张跋扈到令所有人手足无措呆若木鸡。雨桀桀狂笑，很快漫过街道跑向屋宇，汽车在雨中如小舟般摇摆歇菜熄火，所有人藏着掖着大气都不敢出……

望着面前诡异的大雨，我不自禁地就想到了去年的惊心动魄，此时此刻我是多么怀念去年那场肆无忌惮轰轰烈烈。虽然我是笑看着风动草涌，眼见它一滴滴砸下，眼见它哗哗如注，眼见它铺天盖地，我还是情不自禁地战栗起来，它连阴森的表情都不曾有过，蒙蒙的风扬起的时候，甚至有如烟如雾如尘的诗情画意。它不在你眼前，似乎总是在五米开外飘着洒着逗弄着你，让你被它吸引沉醉，然后不知什么时候就移向了你，你发现时已在它的怀抱中完全与世隔绝，恐慌的感觉就这样一点一点把你笼罩侵蚀……

我小心翼翼提心吊胆地踟蹰而行，汽车都亮起了双跳灯做蜗牛行，本来还见着的行人摩托车电瓶车似乎一下被打了包，不见一丝踪影，然后突然在前面的路上看到一把无主的伞，不时在你的车窗前飘过香樟的枝……狂舞飞扬。

一种说不出的美在你的面前荡漾，我不明白为什么这么美艳我却如此害怕。一根香樟刚从车前掠过时，后面紧随的是轻舞飞扬，我仍然只能找到这样一个词来形容。整个眼前整个路面整个世界仙子的裙一样轻舞飞扬，怎样的风怎样的雨？直觉告诉我，如果我被裹进去肯定会被卷走，我定定地停了下来，一任它在我眼前风起云涌，我浑身的鸡皮疙瘩涌起时，便听到了啪啪啪啪击打的声音，很清脆，然后就看到一颗颗白色的珠子在我的车窗上蹦跳，这是什么？难道是冰雹？我忍不住看向路面：是的，是冰雹。这是 40 多年来我第一次看到冰雹，看到它砸在我的窗上看到它在地上跳。会把我的车砸坏吗？我感到无助。眼落处冰雹比黄豆粒要大一点没有蚕豆粒大，我恨不能把车紧紧地贴到身上当一件护甲……

这样的时刻持续并不太久，然后雨又开始袭来，有点疯，或曼舞或跳跃或扭动或滚动着扑向你，阴柔怪异……

这是一场怎样的雨啊？！

# ❉这个夏天，已然成诗

开了空调嫌冷，关了空调嫌热，这日子，到底还让不让人过了？从床这边滚到床那边又从床那边滚到床这边，反反复复，反反复复辗转难眠。

蝉一早就在远处拉开了歌喉知了知了地鬼叫，不知道哪里来的那么多的精气神儿。打开空间看到一篇朋友早发的美文，细看时才发现眼睛涩涩的根本睁不开还没真的睡醒。

拥住薄被还想再躺会儿，却听到土豆（狗狗）已在客厅不耐烦地哼哼唧唧，只好快速地着衣下床。沐浴着夏日清晨的阳光，牵着土豆，例行公事，晨间散步。

一路清静，没有红灯，没有绿灯，没有车流，没有人群。清风拂面，不疾不徐，阳光水亮水亮的，不骄不躁。七拐八拐，踏上那条熟悉得不能再熟悉的田间小路。

土豆跑着颠着，不时地撒下一泡尿，不受污染的天空有着秋的明净高远，白云依依，洁白素净。还是那些熟悉得不能再熟悉的画面：蝶飞蜓舞，竹叶沙沙轻拍小掌，苇花轻摇，蒿草沉香。大自然这本经书，怎么读也读不够。田野生动，书写着葳蕤与生机；小径安详，诠释着深沉与灵动。

温度逐渐高得不像话，掐几枝狗尾巴草，带几丛香樟树枝，携一身阳光与空气的味道，回家。

忙一顿有滋有味的简单饭菜，大汗淋漓之后冲一冲，关上所有的窗子拉上所有的窗帘，把自己关进空调房。手中拎着手机，看几篇小文，就此慢慢睡去，这样的方法屡试屡爽。

午间睡起时走在客厅却觉得闷得慌，外面的温度高成什么样子了，里面为什么会这样呢！心慌慌地走向窗子边，阳光白灿灿亮晃晃的，没有想象中的霸道，甚至看到一棵棵或大或小的树在风中快活地摆来摆去，根本不是想象中的无精打采。

扯开了帘子打开了窗户，风就那么不疾不徐地悄然扑了过来，带着丝丝热意让你感觉到无比的痛快。

拉开所有的窗帘和窗户，室内的温度很快飙升却不焦躁，腾的一下一抹胸口就抓了一手汗，感觉真是酣畅淋漓。

阳光灼灼的午后，有风，真好！

这个夏天已然过了一半，才发现日子在简单清闲惬意中过得如此清新饱满。从不曾想过日子可以这样度过,远离了人群远离了喧嚣远离了一切纷纷扰扰，闲看庭前花开花落笑望天空云卷云舒，一切变得轻松而有诗意，恬静而又美好。

远行的朋友发来了一张又一张图片汇报沿途的风景，天空很蓝云朵很白，告诉我好久不曾看见如此干净明媚的世界。虽然不是一位很相熟的朋友，送来的问候却携着好风景，如汩汩清泉，拂去夏日的焦躁，送来了丝丝凉爽与温馨。

这个夏天，已然成诗。

# 初秋，这边风景独美

小路弯弯，陪我走进初秋。

披一领黄昏徜徉于曲径小路，与晚风亲昵，任她在耳鬓厮磨；与夕阳握手，任她在指尖闪烁。萋萋芳草亲吻着脚面，时不时勾住衣袖拽住裤脚，自是一种无法喻拟的体味。各色秋花扬起张张笑靥欢颜，延续着春夏的绮丽与梦般的美好。小河光斑点点，笑成一汪秋波；河畔的杨柳，默默垂首，凝神静思，回忆。

生活原本如此，四季轮回，周而复始。不必沉溺于春天里曾经摇曳的故事，无需耿耿于怀夏季那场暴风骤雨的颠覆，绿意葱茏的初秋不乏美丽。夕阳氤氲中凡尘若素，梵音浅吟，让满坡的葳蕤做客眼帘，情深意远。春花醉人也有清泪煮酒，夏柳依依怎奈别恨焚诗。扬起倔强的头颅，看蔚蓝不变，看白云悠悠；低下纠结的双眼，看山谷虚怀，看碧水长流。泪光婆娑也有感动打点，草丛的油蛉尚知争秋，一曲一曲弹奏生命乐篇。它们短暂的旅程几乎是眨眼之间，而旷达的胸怀却直播全世界。

曲径小路，蜿蜒延展，伸向未名的远岸。风景多情，美丽轻柔。一季有一季的风韵，秋海棠体态丰腴，挨挨挤挤，争相与你亲昵。枸杞捧着玛瑙一样的红果果热情洋溢，只怕你尝也尝不够。乡野的朴实无华似茶似酒，品也提神，饮也陶醉。紧拥这秋光，亲昵这秋味，与这厢田野耳鬓厮磨，与这方林木牵手共舞。

天高气爽的盛宴，晚霞装点着山头。凉风习习，蝶舞翩跹，晚来回归的鸦雀琴瑟和鸣着又是一天。曲径小路，陪我走进伊甸园。夏娃不在，亚当清寂。权将牵挂打包进昨天，且将思念快寄到明天。

山坡青青，柔情似水；秋风阵阵，乐音缱绻。秋花眉开笑靥，秋林呢喃翦翦。起伏的是远山的脊梁，豪放不羁；悠长的是脚下的曲径，婉约成词。目光举举，不见沮丧，何来忧思？一马平川，岂不是天方夜谭？只拥这满目悠然，一谷清丽。与闲云对饮，与野鹤琴弦。

初秋，这边风景独美。

# 与秋邂逅

路上，澄碧的天空显得高远，洁净的蓝让心曼舞轻扬，阵阵桂子清香随风徐来，弥漫了整个城市，浪漫了整个季节，就像阳光与大地一起酿出的美酒，醉了山野，醉了河川，把人们的心也撩拨得痒痒的，在繁华与喧嚣中，寻一个适宜的日子，到城边，到乡野，倾听凡尘落素，与秋来一场分明是有意的邂逅。

踏香而来，秋将深深浅浅或浓或淡的唇痕印在每一棵树，每一朵花，每一个生命。小区有许多枣树，从春天开花便藏了我的相思，盼了一个遥远的夏天，终于不温不火地在我的凝视中长大，青白里透着微红，星星点点在枝头叶间闪烁，于时光深处，款步有序。最是奇怪的是枇杷枝头串串的小花，一弯浅笑，满树深情，感觉累累的枇杷犹在眼前晃动，枝头又是黄花闹。我一直对枇杷树耿耿于怀，人们总在赞美秋菊腊梅，却不知它从秋日出发，经严冬，历暖春，一年三季，无声无息，含笑一腔，静默如初。直至夏日，累累串串。三季的坚守，只为一季的绚烂。今天，又闻到了馥郁的香味儿，时断时续，宛如远处高楼上缥缈的歌声。桂子到处可见，点点明黄，热烈却不恣意，氤氲了整个季节。

城市的街头路边，仍是大把大把深深浅浅浓淡不一的绿，风起的时候，偶有零星叶片随了秋的约会，激动地奔向未名的远岸，还有各色各样叫得上名儿和叫不上名儿的花朵，在秋风里自开自赏，妖娆明艳。

乡村田头，阡陌纵横交错，找一径小路，夏天的雨留下墨绿色的青苔，两边纠结的野草枯藤起伏招摇，不时挽了你的裙裾，款款留情。蒲公英艳的是朵朵的花，絮状绒球的是种子，朝着天空在做一个遥远的梦。洁白的幽兰，浅黄的小雏菊，淡雅的清香在田径的随意处斑斓。

田野一派丰收的景象：水稻成熟了，半金半青色的稻谷翻过去又滚过来，漾起金色的波，山雀一样快活；紫色的茄子小灯泡似的藏在迭迭的大叶片中间，调皮而又羞涩；大豆的叶子已经泛黄，枝头满当当的豆荚一碰就沙拉沙拉地响；芋头顶着阔大的叶子，微微摇晃着身躯；玉米熟了，红色的胡须已被秋风涂成了金缨；瓜棚上丝瓜已经不多，藤蔓上却还在争先恐后开着嫩嫩的黄花；新栽的空心菜和大蒜碧绿碧绿的，宣告着生命的律动……于是呈现在眼里的秋天明霞光烂，炫人眼目。

田间的一条小河，宁静，瘦弱，而清莹，仿佛是有了笑相遇的女子，想着一桩激动人心的期待，轻思慢行，兰情水盼。

轻回眸，深邃高远云淡风轻中，竟见一棵高大的柿子树，一树小太阳似的柿子眺望在枝头。

啊，秋天！

# 秋意正浓

这是个美好的早晨。

阳光透过窗帘，轻轻悄悄地踮着脚尖。土豆儿（狗狗）在外面唧唧哼哼，提醒我带它出去散步。睡半天的计划泡了汤，呆呆地醒着不如出去遛遛吧！

着轻松阔大的衣，任一曲《溺爱》缠绵缱绻。刷牙洗脸，从一双拖鞋伸进另一双拖鞋，牵着土豆出发。

阳光真好，水般流泻，轻轻柔柔，丈量着世间万物，与我。

小区内外，绿化带中，田头河边，乡野小路，日日相看两不厌，我便闲庭信步，边走边看，边看边闻，任水亮亮的阳光暖暖地恣意亲吻脸颊眉梢，任浅浅的风幽幽地拂过青丝滑过唇瓣，在我耳鬓厮磨，乱了长发，淡了念想，沉醉其中。

首先入得眼的是那一株两株的美人蕉，阔大的叶片碧绿葱茏，托出几朵鲜艳夺目的笑颜，“一似美人春睡起，绛唇翠绣舞东风”，像擎着红绸的仙子，在向暖的晨光里，舞着生命最美的绝唱——欲知心不卷，迟暮独无言。给清秋增添了几分妖娆，几分妩媚。吃了一种北方的灯笼果之后，蓦然惊觉，道路两边多了好多这种树，上面红的黄的分明就像那灯笼果儿。今后我便叫它灯笼树吧，不管它愿与不愿。

三毛说：“如果有来生，要做一棵树……一半在土里安详，一半在风里飞扬，一半洒落阴凉，一半沐浴阳光……”说得真好！

小区的院墙外面有两棵柿子树，像小灯笼一样挑得高高的，阳光的颜色，似乎一直在眺望。

静静地走，慢慢地赏，花生玉米大豆全都丰收在望，哪里让你感到秋的一丝薄凉。一手暖阳藏袖，两缕清风入怀，轻嗅花草与农作物的清香，静看潺潺流水粼粼波光，徜徉在痴痴呆望了无数遍的田间小路上，走走停停，停停走走。

狗尾巴草，芦苇花对我痴痴凝望，告知我初见惊艳，再见依然，等我千年从不曾变。我轻叹轻应：奈何桥上，除非我忘了自己，便也忘了你。

秋意正浓。

# 秋雨秋风

室内闷得厉害，要下雨了。

拉开窗子的时候，窗帘一下子把我裹起，扯开它的时候，依然兴奋地纠缠。

大风的口哨并不尖厉，呼呼的声音一波高过一波，像极了大雨忽来时的声响。倒是放在窗台上废弃的几个油罐子，跌跌撞撞，奏起了强劲的摇滚乐……

我换了长裙下楼。风势恣肆昂扬，真个是劲爽清凉。秋风拨动长发，撩起裙裾，拂开野草，掠过河面。时而飘忽升腾，时而低回下降，徘徊在屋宇楼道之间，回旋在樟树冬青之上……

我扬起双臂，真希望自己能像风一样轻盈，穿梭于城市，穿越于树林，飘然于时空……

还在做着美梦，雨点伴随着秋风洒落，开始稀稀落落，渐渐变得黏稠，噼噼啪啪，稀里哗啦，秋天终于耍起小性子，拼命地哭啊哭，哭啊哭，似乎打了催泪针，一哭就再也止不住，一下就是一个星期。

在家中关了几天，看秋雨越下越愁。路面湿漉漉的，很快就汪着一层水，踩上去鞋袜尽湿，每走一步，呱唧呱唧都可以养小鱼了，鞋袜湿漉漉的，脚也湿漉漉的，由不得的，心也湿漉漉的。

目光搁浅的地方，垂柳笼罩在烟雾里，枝条在嗦嗦发抖，一片一片的眉样狭长小叶全都浸泡于泪水之中，凝碧，与憔悴做着顽强的抗衡。秋风带着私心，唱着瑟瑟的无情，在脸颊旁挑衅，打落柳叶，任它划着小船，做着迷离的梦，远行。

撑了把小伞，带了点小忧伤，徜徉于雨中。雨点或在伞上弹跳，或在叶间枝头滑滑梯，或躲在不甘的花蕊间偷偷眨眼。雨伞不是盛开的花朵，风在调侃，雨在戏谑，那座用一根细细的棍子，薄薄的织品编制的尤物，做着花开的美梦，竟然成了好多人逃避历练的莲蓬，于风雨飘摇之中充当着救美的角色，偶尔敌不过强风劲雨的顽劣，一个趔趄，引来一片惊呼。

雨一直在下，嘀嗒嘀嗒，淅淅沥沥，却合了我的心意。午睡苍白，不再有梦，醒来沮沮，想想自己，是不是丢了魂。清茶苦笑着我的脸，我苦笑着天空，心乱无绪。

窗外阴郁沉沉，远山出差，似乎搭上了南下列车，渐行渐远，轮廓迷茫。毛白杨读不透厚厚的云层，泪眼汪汪地洒落一串一串的思念。

本不想提伤情这两个敏感的字眼，希望它能被秋风吹黄，被秋雨凋零，然后我会荷锄携篮，将它藏在南山，那里有我不再想去的地方，不再想留恋的风景。

秋风不会放手任何花草树木，就像岁月不会轻饶才子佳人。这样的雨天，总让人思绪纷飞，亦雨少晴。再怎么雅致恬淡，总不得心无旁骛。只是希望，在这绵绵的雨季，你能牵我的手，与我共一把伞，一起走向雪花飘飞……

## 中秋月

走在半路上，突然呆住了，眼前的月亮好大好圆好美。好像几年都不曾在这样的日子看到月亮了，不是阴天就是有雨。

呆呆地望着高悬的圆月，觉得是那么的不可思议，怎么可以如此奇幻美妙？怎么可以如此明艳亮丽？怎么可以如此傲娇？

今天，2015 年 9 月 27 日，农历八月十五，如皋，一轮明月就这样高高悬挂于苍穹之上，咫尺处，祥云轻托，烘云托月就是形容此时此刻此景的吧！

月亮离云彩又有一定的距离，看起来很傲骄。傲骄，傲娇，不知道用哪个词更合适？月亮定当是骄傲的，那样的娉婷窈窕，如同一个胸藏文墨怀若谷，腹有诗书气自华的女子，月亮又是那么的柔媚典雅啊，哪里有一丝骄纵的意韵，分明是一个柔情似水的美娇娘。

我终于忍不住选择一处停了下来，恰恰好地看着眼前的月亮，举起了手中的相机，轻轻按下了快门。

我带着一丝丝的满足和满满的欢喜往家赶，时不时抬眼和皎皎明月打一下招呼，月亮便也冲我温柔地笑，真好！

开了门我便往窗边跑，跑到窗边我便往天空寻找，云朵不知何故不见了，碧海蓝天，皓月千里。从容的夜色里，到处弥漫着水般的清澈，迷离而妩媚。有微微的风，丝丝的凉意，月华如水，清风拂面，可遇而不可求的美丽啊！

夜在月的抚慰下分外的静谧安详，清风缭绕的思绪越放越远，月亮，你是今晚最美的一朵花，绽放在丝绒般的天幕中。而我，在你宁静的注视下，成了雅致空灵的人儿，怀揣着世上最美好的祈盼与牵挂，沉醉于月色无边。

你好，中秋月！

# 冬天，真的来了呢

不知道怎么回事，对冷的感觉似乎迟钝了。我知道不能归罪于年纪，这肯定不是问题的症结所在。冬天真正的攻城略地应该是从大前天开始的，几乎每一个遇到的人见面的第一句话都是“好冷啊！”我非常惊愕，因为我一点都不冷，是的，不冷！但我知道冬天已经来了！

前天和大前天的地面完全是不一样的，大前天的水泥路面还带着点青灰色，还有点润润的感觉，前天早上走在路上看到的地面则是泛白的，是灰白，干干的那种，一定是因为受到了冬风的洗礼，一夜的朔风告诉大地：“我来了，你们不可以忽视我的存在！”它一定是狠狠地忙了一夜吹了一夜，不曾停歇，把所有属于秋的气息吹得一干二净。冬天是霸道和蛮横的。

得知冬要来，我便识相地穿了很多衣服，我是怕它的。冬也一定是窥出了这样一个小人物的心理，它一定是不屑于来关注我，所以前天全天候我真的一点都没有感觉到冷！相反我觉得很暖和，暖和得让我感觉浑身不自在，被包裹得太紧，一切都不得劲儿。所以有人看着我穿着羽绒服，却敞着，就笑：“明明穿着羽绒服，却没有拉拉链，你想说明什么呢？”那天很多人还穿着大衣，通红着鼻尖，裹紧大衣瑟缩着。我有些不明所以，冬天，莫非你放过我了？

在夜晚来临的时候，虽然感觉到指尖的些许冰凉和双脚明明穿的长靴，却有裸露着踩在冰冷的硬瓷砖上的感觉，我都不曾以为意，尤其是在晚上 8 点到 10 点之间，我全程迎接着冬天送的礼物——小雪花，看着那小小的细细的、若有若无若隐若现的小雪花跳着欢乐的舞蹈，看着那些白色的小精灵从遥远的国度翩翩而来，玉蝶般圣洁美好，轻轻飘飞，我的心里装载了难以言表的快乐和满足，那一刻我甚至感觉冬天是慈祥的！

昨天早上起床的时候，我特地少穿了一件拉绒的内衣和一条裤子，觉得浑身似乎都舒展开了，人也轻松了很多，这一天心情就特好，状态也特棒，原来并不是包裹得越紧就越舒服越暖和呀！然而，昨晚当我泡脚一个多小时，都没有能够让身体暖和起来时，我知道是因为自己贪了，冬天不容我对它的藐视！

今天早上，嗓子眼儿里有着火的感觉，鼻涕也有想喷薄而出的欲望，我老老实实地穿上了前天早上穿的所有衣服，只是把外面一件修身的羽绒服改成了一件宽大的蓬蓬的，看来我是做对了。

当我习惯性地透过北窗望向河面的时候，我一定是瞪大了眼睛张大了嘴巴，如果眼睛可以自由活动跑出眼眶之外的话，也一定已经蹦了出来吧！河面竟然结冰了，满河的冰啊！这样的记忆已经休眠了多少年？小时候吧，对，那时候可以在乡下老家的任意一条结冰的河面从这边滑到那边……

揣摩着时间，来不及细细缅怀过去，我赶紧换了长靴，戴了手套，拎起包，拉上土豆往楼下冲，到了三楼的时候，我还是忍不住停下了脚步，凑到楼道窗口摘下手套给小河拍了两张照片，我是断然不会任性到跑到小河边去慢慢悠悠地欣赏河面的冰的，如果可以我是希望的，只是没有如果。也许等到我晚上回来的时候它就化开了，它定然是不会有小时候记忆中的小河的冰面厚的。我手忙脚乱地戴上手套，手指已经有些僵硬了。

风不是很大，但很凛冽，路边的花草树木不自禁地瑟缩着，打着哆嗦，前两天还很明艳的小雏菊现在全部耷拉着脑袋，有气无力地干瘪着，向冬天投降。路上的行人不多，但都包裹得严严实实的，口中呼出的气是看得见的，缥缈着，在你面前迟迟氤氲不肯散去。等红绿灯的时候，透过车窗，我看到旁边车里的人可能穿的少了，紧缩着。绿化带边的好多大树一个晚上好像全部剃光了头发，零星几个树叶孤零零地挂在枝头，越发显得枝桠光秃秃的。一地的落叶竟然是绿色的，并不诗意，反倒有几分诡异，冬天是不留情面的。

狗狗见我不肯开窗，便呜呜地跳到我的大腿上昂起头向我讨价还价，我心一软便开了右侧的窗，狗狗兴奋地奔了过去，小前腿趴到车窗上，头刚一探出去便快速地缩了回来，它似乎有些难以置信，几乎不曾犹豫，又把头探了出去，这次停留的时间略微长一些，只是缩回头的时候，却接连打了两个喷嚏。它委屈地转向我，黑眼珠一眨不眨地盯着我，叽里咕噜发出声音，似乎在问我为什么。我忍不住逗它，让它再去，它犹豫着看了我两眼，还没有等把头探出去又赶紧跳了回来，当我把车窗关起来的时候，它老老实实地站在座位上。

南北通向的银杏大道是敞风的，我裹了裹围巾，加快了步伐。那几棵高大的银杏树周边落了一地的黄叶，厚厚的，很美，踩在上面都沙沙地响。一个办公楼的下方不知谁昨天倒了水竟然挂起了冰凌，发出森寒的光。

阳光很好，水亮亮的，很有那种冬日暖阳的韵味，但那温暖并没有能够抵达它所热爱的一切，也许它也在跟寒冷做着抗衡，相信中午的时候，它一定会让红线往它这边偏。

啊，冬天，真的来了呢！

# 暖　阳

冬阳弹奏着欢快温暖的旋律，正合人们的心意。坐在办公桌前，背对着朝阳的窗子，欣然感受着它的无处不在。室内的一切景物明晃晃亮堂堂的，宛如夜色中露天舞台上的强光聚焦的模样；对面的高楼漾着金色，很是璀璨，有如童话里盛宴中的宫殿一般，金碧辉煌。窗玻璃阻隔了外面的风，阳光任性地透过窗格，华丽丽地倾泻着流淌着，烘在背上罩在身上，暖融融的，这样的感觉，异常惬意。

合上手中的书本，快捷地走出室外，即使穿得臃肿而厚重，那来自心底里轻灵的愉悦仍然不受控制地喷薄而出，略略仰起头，抬起下颌，微眯起双眼，用行走在外面的肌肤轻轻地触碰阳光，一任它在眉间眼角纵情嬉戏绽放，一任它用母亲怀抱般的温暖将我层层包裹，一寸寸切进我的肌肤。

下班的中午，驱车行进在阳光遍布的大道上，风似乎变得大了。喧嚣的风被关在车窗外，衣衫褴褛仍然固执地立于枝头的几片梧桐树的叶子，终于在冬日暖阳的感召下，再不肯固步自封，安守沉寂，随着风的脚步，在温暖的挟裹下盘旋升腾，低回下降，翻着跟头，扑向大地，四季的故事它已经看得分外明了，现在就想在阳光里美美地安稳地睡一觉。

绒绒的蒲公英种子，拽着小小的可以忽略的褐色尾巴，不肯做秋天的降落伞，却把自己幻化成冬爷爷的小精灵——雪花，在空中曼舞轻扬，摇曳生姿，在这个阳光灿灿的中午，做着冬天的梦，书写着冬天的童话。香樟树潇洒地甩起满头短发，翩跹着，小手掌拍得噼噼啪啪，击落一地的铜钱，在冬阳下一闪一闪，熠熠生辉。

就这样立于冬日暖阳午间的华丽光线下，听风声呼呼，看世界在煦煦暖阳下的靓丽容颜，这种愉悦，有如春风沐面，海棠花下，桂子树前……

天空很蓝，没有云朵，纯净而高远，想着你说的一句话：想化作一棵香樟树，根植在你天天经过的路边。心里心外，两束阳光，接壤。

# 冬，早晨

真冷，空气中密布的那种刺骨的属于冬的气息，透过厚厚的紧裹着的衣裤鞋袜，直往你皮肤上钻，似乎想把你刚从被窝里钻出来还算温热的身体穿透，涂上冰结上冻。

小河禁不住冬的淫威，乖乖巧巧地为自己盖上了一层冰被，泛着清冷的光辉，接受冬的爱抚，笑成一汪泪。

对于依然绿意盈然的小草和灌木丛，冬天则毫不客气地给它们罩上了一件白色的袍，把它们高昂地头给按了下去。小草乖巧，一个个低眉顺眼做出臣服的样子，蔫儿蔫儿地躲在白袍下睡大觉。待到阳光上班，一个个又会抖擻抖擻，趾高气扬。就和冬爷爷反反复复玩着这样的游戏。

在冬天的号角下，车身和车玻璃邀请到空气中的水汽，于静的夜慢慢凝结成冰花，密密地把自己粉饰了一番，自以为是地美丽着自娱自乐着。天亮的时候憋住笑，一本正经地站着，安静而又严肃地等待着主人。

站在车窗外欣赏了会儿冬爷爷的杰作，被丝丝寒意挤着，哆嗦着伸出冰寒入骨的手推了车门，进去。

车窗外一片迷蒙，只看到玻璃上北方木屋童话里的冰花，真的好美，美得让你不忍心破坏，嚓嚓嚓拍了几张照片，留个念想。儿子催促快点，傻瓜才会拿起雨刮器去刮它。开了暖气看冰花渐渐散逸，糊成水滴，再毫不客气地刷去车玻璃的矫情与伪装，看一切景物慢慢地在面前清晰。

空气中的水汽还不时调皮地往玻璃上扑，与呼出的热气一起，不一会儿就茫茫的一片，粉白了玻璃，扰了视野。轻轻地把车窗打开一条缝儿，让里外的空气亲密接触，流通。雨刷便开始毫不留情地扫荡，几次三番便也到达目的地。

回来的路上，太阳没有像其他三季一样突然跃出。四周好静，天空好美，宁静深邃高远。灰蓝的天幕上有一颗闪闪的星星绽放成五角星的模样。天空的四围犹如泼了红，渐远渐浓，深深浅浅地晕开……

东方有大片的云朵，浓墨重彩，犹如一座座泼墨的远山，形状各异，美轮美奂。有大狗船带着美少年横笛悠扬，有七仙子纺锤摇纱端坐于祥云之上，铺开的长裙褶皱分明。骏马撒开四蹄，游鱼遨游海上……

埋头文字的风花雪月间。少顷，欣欣然扬眉寻觅细看，云朵竟至散落飘零，细碎如梦，勾勒成烟，丝丝缕缕，分明是飞天提着花篮撒落一天的花瓣，慢慢随风逸去，归隐，变细变淡。

朝向东南的楼舍已然铺上华光，金光熠熠，富丽堂皇，极目东方处，太阳却不知为何较着劲儿的迟迟不肯来上班。

怅惘间忍不住环顾四望，蓦然惊见天际的红色早已褪去，四野尽是青灰的连绵起伏的远山，重峦叠嶂，含黛如画。悄然伫立，脉脉含情。无语，寂然，浓烈而深沉。

再次望向东方太阳升起的地方，枯藤老树虬枝峥嵘，偶尔有一两只不怕冷的鸟儿，在枝头啁啾几声，给苍凉渺远的气息增添了几分生趣。翦翦的枝枝桠桠斜伸向青灰的天幕，站成一幅水墨画儿，做着一个最最真实的梦，简单而美好。

冬，早晨！

# 冬日夜雨

不像冬天，雨大大咧咧地下着，哪有冬天的深沉与含蓄。然而冬天的雨应该是什么样的呢？我却不记得！

四围的天边高远而渺茫，少有的红怪异地弥漫了天的视野，平日沉沉的夜色一反常态地亮堂堂，不知道是不是因了雨水的洗礼，闪耀得不像话，让我的心漂浮而动荡。远处平日里见不到的身影，在雨中坚定地泼墨成一幅幅画。

站在匆忙的街头往远处望，雨丝竟然让高楼缥缈成音符，这可是我生平第一次所见。楼身根本就看不见，只看到隐隐约约的细痕状的楼身的外轮廓线，倘若知道记忆没有出差池，我便以为那只是简笔画的线条，且只是随笔涂鸦。高悬于楼前的霓虹灯装饰广告如空中楼阁，海市蜃楼般镶嵌的红色字符格外妖冶红艳，如芬芳的丰润的唇夸张着夜的诱惑。若不是车来车往川流不息，我定会停下车来，拍摄。

一路前行至郊外，雨声很是张狂，滴滴嗒嗒奏着我听不懂的音乐，有车呼啸而过，溅起的水花如瀑布入潭般美好。路边的树剪影成一幅幅水墨画。那树的枝枝桠桠在夜色中并不是苍凉凄绝，反而因了雨水的润饰氤氲成褐色的玉，莹亮处剔透成水晶，在路灯下折射出梦幻的美好。

雨水噼噼啪啪滴落地面，绽放成一朵朵盛开的小花，玲珑而又晶莹。

突然觉得自己身处异境，下雨的夜，是一种重逢，有着无尽韵致、奇丽与梦幻，很静，很净。弥漫成情调，浸润成灵气，镌刻成永远。经意也好，不经意也罢，与我共你，在冬天相遇，且共舞。

# 我终于把世界等成想要的样子

把自己扔进房间，一遍又一遍地看着接近两小时拍的片片，说不出的情愫在胸中涌荡，我发现自己流泪了，是啊，竟然流泪了！我并不是个多愁善感的人呀！激动么？快乐吗？甚至是难过？我不知道，总之我流泪了，因为我把世界等成了自己想要的样子。

我从来不曾像盼望冬天一样盼望过哪个季节。我喜欢冬天吗？不是的，我肯定不喜欢冬天，只是冬天里有两种我最喜欢的花：腊梅和雪花。它们只有在冬天才会怒放，或者我就只好喜欢冬天了，虽然我是那么的怕它。也许我不是怕冬天，我只是怕冷，怕冷的风，怕冷的雨，怕冷的天气，怕冷从骨子里往外扩散漫延的感觉……不管怎么样，因为有了腊梅和雪花，我无法不渴望冬天；就像入了冬，我无法不期盼腊梅和雪花的盛宴。

腊梅总会如约而至，让我不会对冬天太失望。而雪花，它则太调皮了，会和你捉迷藏，会招惹你逗弄你，让你牵肠挂肚欲罢不能。圣诞节的前夕是飘了雪花的，零星的，好细好小，细小得很多人都没有发现它的踪迹。也许它就只是圣诞老人送给我的礼物，在那个圣诞之夜的近一个小时，陪我一起悄悄地度过。我真是爱自作多情呢！也许它只是《冬之韵》的序曲，也许它是《冬之韵》的前奏，只是这中间的间隔实在是太久长了一些。其实你是不能怪雪的呀，它是从那么遥远那么遥远，远到我根本不知道有多远的国度飘过来的呀！它一定很累很累，但它来了之后总不顾长途跋涉献上最后一支优美的舞蹈才会扑向大地，扑向小草、河流、房屋、树枝、田野……扑向一切的坡坡岗岗，沟沟渠渠，直到把世界装扮成我想要的样子。

清晨，当我从楼上往下走的时候，我还是睡意蒙眬的；当我走出楼梯门的时候，我的眼睛该是怎样的清亮？你来啦，雪？在我做梦的时候，或者，我现在只是在延续一个甜美的梦，还不曾醒来？要不然我怎么不见你们灵动的俏模样？要不然你们怎么全做了浅衣静默不语？还有，我手边怎么会没有带着相机？我又错了，实在是天还不够亮。当我打开车灯的时候，当我把车开动的时候，我看到了雪花欢乐的舞姿，我听到雪精灵天籁般的笑声：我来了呵！我来了呵！好吧，你们来了呀！陪我一起出发吧！

这是怎样气势恢宏壮观的场面啊！俏皮的雪精灵在四周迷离扑簌，在车灯下打着旋儿，翻着筋斗，跳着慢三、快四，扭着探戈、伦巴，舞着霓裳，欢呼着雀跃着追逐着嬉戏着，猛地扑向窗玻璃，不等我的嗔怪，又嗖的一下飘离……

急急地来去，急急地跳下，急急地奔到楼上，急急地取下相机，急急地寻着两只狗狗，风风火火地冲进了雪里。傻傻地举起相机，却发现四周依然黑沉，路灯恰好下班，最是黎明前的黑暗。积雪还太过单薄，不够映白周遭的一景一物。罢了罢了，雪仙子，就让我们互邀，走一程看一程，看一程走一程吧！

我们走了多远啦？我们走了多久了？我们终于把天走亮了，我终于把世界等成了自己想要的样子：雪仙子从遥远的天际翩落，合着风，若轻羽胜飞絮，我探出素手，任它们在指尖停留，谁为你们编导优雅而轻盈的舞蹈？谁为你们统一缝制洁白的裙装？你们学的是霓裳还是小天鹅？

天使浅笑不语，顺势而落而卧而憩，于是乎山峦披上了银装，原野铺陈开云被，树木的枝枝丫丫间填满了碎玉。琼楼玉宇，粉雕玉砌，一幅幅精彩画面聚焦进相机，珍藏于我的眼帘心底。渺无人踪的苍茫大地宛若一叠画卷，我的狗狗在最上面印出了朵朵梅花，几只胆大的黑鸟一蹦一跳的，刻录下片片竹叶，歪歪扭扭深深浅浅曲曲弯弯的脚印是我与冬天的倾情絮语。一段段梦幻般的剪影刻录进内心深处，珍藏于属于冬天的童话小屋。

这被雪装点的世界多么洁净美好，久久伫立于皑皑雪野，绒绒的棉衣下，飘逸的神韵不减，闭上眼，仰起头，任那玉蝶翩飞，拂过我的脸颊，任那霓裳羽衣，缀点我的发丝……

# 第二辑

# 可爱『紫红』爱『粉红』

那些美好的时光，那些芬芳的记忆，那些细碎的过往，轻轻捡拾，不必忆起，因为从不曾忘记。

# ❄可爱“紫红”爱“粉红”

1

一晃离开旧时住所有两年多，倘若无事，断不会去的。前次回去，邻家大伯热情地告知：“今年月季开得旺呢，好多人都拿了剪子来剪。”心下怅然，也不禁欣喜。我挚爱的月季，倘不能再香与我，香了邻人的生活，终也是我所喜欢的。

旧居是老城常见的接地气的一楼，有小院，院外还有一大块空地，有些老街坊会在两边长了菜蔬，绿油油的一片，煞是讨人喜欢。我们一排溜的几户人家，拼钱改了宽宽的水泥路，个个便在自家的小院前，由了自家的喜好，或栽种或摆放，一年四季，姹紫嫣红。东邻路边田间摆放着各式盆景，西邻种了香椿和香樟，我家门前则随着我上街的次数与偶遇，渐渐丰润：有桂树，有腊梅，有橘树……最恒久最张扬的，则是大门两侧的月季。

## 2

这两株月季，一株是紫红的，一株是粉红的。对于色彩而言，我更偏爱粉红，粉粉的，嫩嫩的，招怜。而紫红呢，嫌太深沉，沉得便发重，对我这样不装心事的人来说，自然爱不上。可这两株月季，改变了我的观感。

紫红的月季在路的西侧，花厚实，花瓣像天鹅绒，甜香；粉红的在路的东侧，花单得很，薄薄的，花瓣像纸，那粉色总让人感觉是在褪色，不定哪天便没了色彩。紫红的，蓬蓬勃勃，几乎占据了整个方圆，这边谢了那边开，那边接着这边开，没个止息。一年四季，即使冬天极冷的日子，也会有几个不成气候的朵儿，总让我觉得心暖暖的，感叹她旺盛的生命力。这粉的，一直觉得不得劲儿，花开得极少，枝丫稀疏，似乎随时要谢了败了枯了，半死不活。有了这样的对比，我越发地觉得粉红的太过秀气，无论是枝条的粗壮，花开的时间，还是花朵的饱满与花的质地，越发的入不得眼了。

因此，那年门前弄路的时候，碰到了这两株月季，粉红的被挖了，我就再没有把它栽起来，虽然心下怜它，也怨它，觉着是它的命，当然也有我的懒惰与偏执。后来，邻家大伯等路修好后，把它再次栽在了我的地里，时隔一周有余，它竟然也活了，让我有了羞惭。

紫红的也有碰到，但我没肯挖掉，泥浆弄到了，我仅是扶了扶，加了点儿泥。它也果不负我所望，顽强地活了下来，且长得越发地活泼。

## 3

邻家爱侍弄花草的大伯常引来别人赏他家的花花草草，几乎无一例外，每个都会被我家的紫红吸引，惊叹，驻足，询问，总以为我施了很多的肥，花了很大的心思。而我，又总笑着告知，我从未施过肥，从未侍弄过，只是也学邻家大伯，冬天修理修理，剪剪旁枝斜节。

一年冬天，我心血来潮，干脆将上面所有的枝条全剪了，只留了主干，心下是希望它不要长得太高枝头太蓬，矮壮点儿更好。第二年春天看它冷落的样子，本来还担心剪得太狠，伤了。不料，三个季节一过，秋天看它时，蓬蓬勃勃，热热闹闹，最高处约有我的一人半高，几乎在每一个旁枝斜逸处，都坚定地打着一簇朵儿，花盘并不小，甚至比春天第一拨儿还大，花瓣仍然绒绒的，肥肥的，把整个西边江山都占了不算，还跑到场地上来了，害我晾晒衣服，总是要小心地避开。

大伯几次要帮着修理，让它有点儿形状，我却再不肯，任它长啊长，我喜欢它这样的无拘束。它的旺盛的生命力肯定打败了这一园所有的花花草草，所以我宁愿去掉那株芭蕉，也不愿意修剪，一任它恣意张狂。秋风一起，花瓣常常飘得满地都是，望着满地的落英，我却溢发地爱它的张扬。

## 4

一个周末，儿子叫我起床时，睁眼的那一刹那，我呆了：昨夜，没有拉下帘子，现在在我眼底涌动的，是窗外几点雅致的粉红，定睛一看，竟然是那株我极看不上眼的月季。外面风很大，雨也不小，那几枝月季，拼命在风中晃动它们细长的身体，不，我还是用秀颀吧！我不知用怎样的言语来形容它们带给我的震撼，并不瘦弱，倒似乎在与这风这雨抗争。我再次看了看，是的，真的是！它仿佛有一个执念似的，就是要我看看。

我终于忍不住披衣下床，顶风沐雨细看，一、二、三、四、五，合着开得最美的是四朵，一朵极小的刚打苞，只露了粉意。其余的，我竟觉数不过来，好多好多的不曾展颜的小花，接下来，定当热闹相当长一段时间……现如今，透明的窗玻璃边，斜伸着的这几株粉色，硬是成了一幅活的画儿，似乎拼了它这生所有的亮丽，终于长成了这片倔强的风景。

5

一次下班回来的时候，转弯口，见一老妪手中持一粉一紫两朵月季，赫然我家门前所长。心想：爱花之人么？还是仅喜了它们的美艳？再行几步，哭笑不得，赫然一老翁，刚从我家花前出来，左手牵一狗儿，右手执几枝紫红，甚者，嘴里横叼一枝。禁不住询问：“掐的我家月季么？”竟“嘻嘻”一笑，“唔唔”出声：“是”。

6

最是难忘那个中午，正热火朝天烧着饭，儿子兴冲冲地跑过来，喊：“妈，快来看！”我没理他，儿子兴冲冲地拉起我就跑，我一边想挣脱，一边大叫：“干吗？妈妈在烧饭！”儿子不理睬，拖着我来到门外。放开我的瞬间，我呆住了：那么多的花瓣，满地的花瓣！厚厚实实一大堆呢！这小混蛋，他把所有月季花的花瓣都捋了下来！我惦记着锅内，顾不上训他，转过身准备回屋子里。儿子却依然兴高采烈，他乐呵呵地说：“送给你的！”我一愣，再次转身望过去，这次，我看到的却是一颗心，一颗由无数片月季花瓣拼成的心，爱心形的图案。那一刻，我的心不由自主地战栗了，一种软软的东西迅速在胸膛漫延，望着儿子那张天真灿烂的脸，我呆呆地说了声“谢谢”。现在回想起来，后悔当时没有拍下那一幕。其实，那一幕，已深深印入我的脑海。

7

那些美好的时光，那些芬芳的记忆，那些细碎的过往，轻轻捡拾，不必忆起，因为从不曾忘记。哦，月季，小院外的月季，你在，在小院外；你在，在我心海！

# 竹

友友爱竹，总问，你那儿有竹吗？

有竹。

怎样的竹呢？

我在乡野转悠，在人工的小树林小绿化带流连，常会见到一两簇密密的瘦竹。真的瘦，竹竿大多粗不超一指，甚者宛若麦秸秆，若不是那叶我识得，几乎不能称之为竹。

竹的最初记忆，是在外婆家的老屋后，成片成林，当时谓之竹园。宽有百米，长数百米，一排溜，老宅后全是。

老宅后的竹园，林高接天。哪里是接天，分明遮天蔽日。终年不见阳光，极为森冷。夏天是最好的去处。鸟在竹林间啁啾，应和，你转了720度，甚或更多，却不见一鸟。不思量间，一黑色大鸟蓦地横掠，扇翅穿林而过，惊的反而是童稚。

那竹挺拔修长，青翠茂密，多比手臂粗壮，间隔约有一臂长，我们便常伸了两臂，一手紧握一粗竹，脚用力蹬地或蹬前方竹，借助惯性，在其间翻空心跟头。不小心摔了也不怕，反倒咯咯地笑，因那竹林从无人打扫，枯叶铺得不比床上的被褥薄。

冬天是不进竹园的，进得竹园，会一激灵一激灵直打哆嗦。只有偶尔，雪下得大了，竹梢承雪而不动，竹枝竹叶上满是，竹身依然笔挺。见那枝叶上满当当寸把来厚的积雪趴着，如素衣白被在其上堆积覆盖，日光一照亮生生的，晃眼，总会最先消融化去。

偶尔有时，会有篾匠进得竹园砍伐几根粗细合适的，劈削以做各种篾器。见得最多的，劈削磨折成5毫米粗细一毫米厚薄的模子样的竹篾片片，在匠人们指间灵活翻飞穿插，半天到一天光景，便打成一张竹席。从小到大，我们便在这样的工艺品般的凉席中度过一个又一个炎热的夜，从篾席这边滚到那边，让暑气慢慢在席间散逸消融，渐渐入得梦去。篾间还有做成各种花鸟虫鱼的，极少；彩色的，更是个别。那时不懂啥叫艺术，只觉好看。现在想来，那民间手工艺制作的匠人都该叫艺术家或艺术大师才对。同样是为糊口饭吃，咋过去现在待遇如此天壤之别？

竹篮竹筛淘米篓竹畚箕司空见惯，老一辈的几乎个个能编竹篮。那竹那时那地是值钱的，多功能的，没有人会在春天去挖笋吃，因为那笋长大是竹，那竹是有种种用途的，还可卖了换钱……后来那偌大的竹园不知何故再无踪迹，似在记忆中凭空消失。

后来有去过张家港的一座普通的山，满山粗竹，高接浮云，得知是毛竹，比我们当地的竹的功用更大，可为篙，为担，为席，最让我惊喜的是可以为食。新鲜的竹笋，淹在卤里的竹笋，用盐腌制的竹笋，烘干焙熟的笋干……琳琅满目，随着交通和生活水平的改善，不断上得餐桌，炒菜，烧汤……总先被双双竹筷叉去，常抢了主菜的地位，似乎吃一辈子也不厌。

后来零星园林景区散有装饰性的一两簇竹，眼前会有一亮，但不以为意。郑燮的《竹石》：千磨万击还坚劲，任尔东西南北风。加之竹是

“岁寒三友”其一，文人雅士多羡其高风亮节，宁折不弯的高贵品格。见竹，神圣钦佩之感便在心中油然升腾，无法不牵扯上情怀做他想。

若干年前偶然去常州天目湖见过竹海，真有天目湖归来不见竹之感。

山气清新，穿林拾级，数万亩毛竹便在身侧，在脚下，在远方。倚山抱石，但不见山峰，只知道自己行走在山石之间，徜徉于竹海之中。日光金丝般穿过竹林的罅隙，在叶边摇曳，似有祥瑞之气氤氲。风为竹海越岭而来，萧萧不歇，绵延不断，宛若天籁。再有潺潺溪流和形态朴拙的竹木小屋缀于其间，胜比仙境。指尖轻抚竹身，清凉光滑，几疑有了生命的仙子，与你指尖相触，竹叶在耳鬓擦过，不知自己身在何处。

坐上湖中游轮，船渐行，竹海渐远，又是一番景象：漫山碧竹，峰峦叠翠，高低错落，风过，此起彼伏，如涌浪，似碧波，让你又有返回让船驶进去的冲动。

突然很想，再游天目湖，再与竹海邂逅……

# ❉那抹金色

从不曾有哪种树叶能像深秋的银杏树叶一样，让我心旌摇曳，摄了魂魄。

我喜欢银杏树叶飘落的时节，一树金黄，一树灿烂，风起，窸窣作响，飘舞升腾，袅袅娜娜，华尔兹、探戈、慢三、快四……所有的舞蹈一起在秋风中娉婷，飘旋，凌乱到极致，美到极致。

如若喜欢蝶舞的话，定会喜欢秋叶飞旋。蝴蝶就是飞翔的叶子，而旋转的叶子更像是风中的蝴蝶，一群金色蝶飞叶舞，轻轻巧巧，美了整个秋天，明媚了随薄凉而日渐紧锁的身心。

因此，每年的每年，入了秋，桂子香味弥漫整个小城的时候，我便开始期待。

大成殿前有两棵银杏树，我原本记得应该是三棵，被秋风亲得羞躁了，丰满了，便成就了几树的金黄。每年这个时候，我便会去看，远远地看，走近了看。一个人看，带着一众孩子去看。

阳光明媚的日子，黄灿灿的叶子在秋阳的映照下，发出耀眼的光芒。有风吹过，那光芒就在树叶间跳跃，起伏跌宕，调皮任性，煞是可喜。

阴雨绵绵的时日，那一树树的金黄更是明艳，冲破了灰色的雾霭，直指苍穹，把那一方天地辉映得金碧辉煌，使你的心不自禁地就欢呼起来。

……

这样的喜感，似乎都只囿于记忆。几年了，银杏树上的叶子似乎越来越小，我也似乎很难再看到地道的明黄，更不用说那一树的灿烂。

我失落地从一楼站到四楼，直站到现在的三楼。我望眼欲穿却再也望不穿。似乎再不曾能摇起一把小金伞，就算是翩翩的黄蝶也似乎折了翅膀，满树密匝匝的银杏叶子固执地小小的，一如铜钱般竖立着。半黄半绿之中昭示的不屈的生命并不勃勃更不灵动。

几年的观察足以让我明白，秋天不像秋天了，原本怕冷的我便怨了这暖暖的秋。秋天你不应该是薄凉的吗？秋风你不应该是萧瑟的吗？秋雨你不应该是凄凄的吗？

唉，秋，我何须怨了你，秋叶不肯凋零，定是喜了你去，我不也怕自己是秋风中一枚飘零的叶吗？在风中的舞蹈再艳绝也只能酝酿秋尘中的缕缕怅惘。风吹叶摇，诗意的缥缈勾勒的美轮美奂，何尝不是在唱一首生命的挽歌？

叶飞叶落叶满天，缘来缘去情随缘。金色秋叶，无论再与不再，就让它飘飞在我心里吧！

# ❄腊　梅

有三种花我不是一般的喜欢，是极爱，偏爱！木香，桂子，蜡梅。它们的色香味，我均爱到骨子里。五月的木香淡雅清幽，在绿叶丛中欲语还休，总会让我想到碧天里的星星。金秋十月，桂子到处可见，点点明黄，热烈而不恣意，丝丝缕缕，把整个季节都氤氲得像梦一样。隆冬时节，腊梅花开朵朵淡墨痕，清气满乾坤。不同的时节里，我总会从农人的手中购得几枝，或放在案头或放在枕边，于岁月的光影里，陪我香我。

小区里的草坪上稀稀疏疏地长着几株蜡梅，瘦成别样的风景。枝干很细堪比瘦竹，花也很瘦，稍不留意你都会发现不了那细枝上疏朗的花和蓓蕾。若非暗香浮动，清气盈然，真就会忽略了。

入了冬我日日去看，一天一天终于把米粒大的蓓蕾看成了绿豆般的花骨朵，又把绿豆样儿的花骨朵看成了浅笑嫣然的蜡梅花。

这里的蜡梅和我记忆中的不大一样，真的太瘦了，瘦得花瓣都变成了狭长的，非常非常的单薄。最让我讶异的是它的中间，还有一圈紫色的花瓣。我开始以为是花蕊，因为它实在比外面的花瓣儿要短了一大截儿。等它完全绽开的时候，我看到了里面黄色的花蕊和细细的花粉。它不是上等的好玉，那种瘦瘦的病态的美似乎把玉的灵性给抹去了。所有的花儿开出来的感觉都有点儿无精打采。我凑过去闻的时候，终于发现了它长于一般蜡梅的地方——它的香味更清洌、更醇厚。难怪，去岁我是循着香味找到它们的。我直起身子，再次望过去的时候，感觉又不一样了：终究是腊梅，掩不住的梅韵在空气中流转，几乎每一朵花都略向下倾斜，那种温润的情态便有了那一低头的温柔的模样。

记忆中的腊梅是什么样子的呢？圆圆的，花是圆的花瓣也是圆的，很饱满厚实的样子，莹润透明，似有玉的华光流转，像金钟玉盏。那梅虽着金裳，偏有玉的质地，很有点冰清玉洁的雅韵，让你不忍卒碰。仿佛不小心，你就会把它给碰坏，碎落一地。有暗香浮动，呼吸间它就随了你的鼻息盈然。倘若你有意地去抽鼻子，偏又寻不得半丝。孤傲清幽，蕊寒香冷，不期然的你就会想到一个词儿——冷艳。

我曾经买过一株腊梅，它随另外两株一起竖放在卖花人的拖车上，小小的绿豆样儿的贝蕾点缀在枝头，不细看几乎发现不了。它之所以吸引我不是因为它长得特别茂盛，也不是因为它的花蕾多，那么小那么小，当时当地我甚至担心它们能否绽放。根部一大摞泥土用绳子捆绑着，似乎刚从地里挖出，不知是因为没来得及装盆，还是因为盆子太贵。这样的腊梅，必须用上好的瓷盆栽植方为妥当。其他的两株自有特色，枝从根部就散长着，根根直立，花蕾多，相对热闹。我看中的这株树型优美，只有一根主枝，粗壮，遒劲盘曲，似卧龙。上面稀疏的侧枝或直立或斜逸，很有古朴的意蕴，我总觉得是经过人工培植过的，几乎是一见钟情。

虽然喜了它，到家后我并没能好好儿地照拂。先是找不到合适的盆子，然后接近年底，一来二去事情多，就把这事给耽搁了。某一天当我突然闻到丝丝幽香的时候才蓦然惊觉：它已经开花了！而且仿佛是为了引起我的注意，一下子开了许多，颗颗晶莹朵朵圆润，纤尘不染，分外清雅脱俗。我只好满怀歉意地找来一个脸盆把它放进去，并在根部洒了点水，它就在屋内香了有一个多月。我后来就把它栽到院子里去了，接下来似乎又开了好久。春暖花开的时候，它就是满枝繁茂的绿叶了。一来二去，它就在院子里安了家。第二年冬天我就已经搬家了，没能看到它的姿容。第三年春天我想去移植的时候，还有零星花朵。邻家大伯说它长势极好，去冬开了很多很多的花，很长时间不曾衰败，漂亮极了！我便灭了带走它的心思，让它在这里继续茁壮吧！这一方天地它更能无拘无束地伸展……

“二十四番花信风，一候是梅花”。我总觉得这里的梅花不是我眼中的腊梅。这里的梅花应该是报春的春梅，我眼中的腊梅和雪花一样是属于冬天的，但我非常喜欢毛泽东的这首词：已是悬崖百丈冰，犹有花枝俏。这词用来形容蜡梅一点也不过分。那“在丛中笑”的春梅是来接它的班的吧！

我喜欢腊梅，它和冬天的落叶乔木一起，把冬天站成一幅幅悲壮的水墨画。简洁而不简单，古朴而又典雅，冷艳不失妩媚，孤傲却又满怀深情。只有大自然，才能挥毫泼墨出这样的画儿……

# 冬天的树

我喜欢冬天的落叶乔木，我觉得只有落叶乔木才配得上称之为冬天的树。那些一年四季都绿意盈然的树，它们四季平分秋色，四季皆绿，如此多情，怎么可以称得上是冬天的树呢！落叶乔木则不然，一年四季中，它们独钟情于冬天，随着秋风的起起落落，扯去那些奢华的装饰，几乎在北风拂过的一夜时间，把自己最真实的一面呈现在冬的面前，不遮不羞，肥硕也好，贫瘠也罢。总之，它们可以骄傲地对冬天说：“冬天，因为你，我是如此的不同。”

小时候在乡下长大，乡村的四季是分明的，春天姹紫嫣红，夏天阴翳蔽日，秋天五彩缤纷，冬天则应该是萧条冷落的。因为一到冬天，杨树、柳树、桑树、水衫、丁刺槐、白桦、毛白杨、银杏、泡桐……都会落光了叶子，光秃秃的，宣告着冬天的色彩，那种属于寒冷的铅灰的古朴而苍凉的专有的色彩，与其他的三季如此的迥异。按道理这样的色彩是不讨喜的，可我偏爱那些独属于冬天的枝枝桠桠。这种喜欢是从什么时候开始的，我已经不记得了，也许是从会读“枯藤老树昏鸦”时起，也许是从走在乡间田埂上，布鞋被露水沾湿，抬眼的刹那朝阳挂在枝头开始，也许打从有记忆起，便开始喜欢了。如果一定要追溯的话，也许是从出生就开始了吧！

小城的四季是不分明的，不知从哪儿运来的四季常绿的树木越来越多，不只是花红柳绿，树的叶子都变得五彩缤纷，红的黄的绿的半红半黄半红半绿的都有，扑朔迷离，时常冒充了花草让人们瞠目结舌。所以入冬过后，我便更加期盼冬天的枝枝桠桠。

冬天在一段若即若离的序曲之后，于某一夜之间霸气地登场，把所有的落叶乔木检验了一番，于是，每一个清晨每一个黄昏，某一个雪天某一个雨夜，我便呆了痴了醉了，常常驻足凝望，看那些枝枝桠桠在不同的光影之中站立，氤氲成一幅幅水墨画，剪影迷离，梦幻如诗。

晴空万里的日子，灰蓝做底，仿佛绵厚的宣纸，毛白杨的枝枝桠桠画在上面，清瞿雅致，疏疏朗朗，用简简约约的画风将冬天的韵味发挥到淋漓尽致。细细地瞧去，分明画中有诗，且诗意正浓，自有那斑驳的光影在冬风的走动里抑扬顿挫地吟咏。嫁接过的梧桐枝，宛若舞蹈的女子，纤细的手指一律做兰花状，直指苍穹，分明有笑意盈然。有喜鹊的窝高高地建筑在丁刺槐的枝杈间，将画面点缀得更加细腻而深厚。且或几只麻雀飞来，栖息于河柳的枝头，便有一种只可意会不能言传的旖旎与惬意流淌于心间，涌动于眼帘。

最喜欢望向东方太阳升起的地方，偶尔有一两只不怕冷的鸟儿在枝头啁啾几声，给冬天渺远的气息平添了几分生趣，翦翦的枝枝斜伸向青灰的天幕，站成一幅叫做永恒的画儿，在冬日暖阳的守护下，做着一个最最真实的梦，简单而美好。

黄昏时分，西天，又是一番滋味在心头。夕阳如一枚硕大的红果果，隐约于飘飞的垂柳之间，那疏密有致的柳条儿轻歌曼舞，一曲霓裳，将这橘红的圆东西拂来弹去，真是此景只应天上有，人间唯有冬天现。脚再也挪不动半步，眼落于痴迷，心随之翩跹。

个别月上柳梢头的夜晚，伫立于凛冽寒风中，看各式枝桠的剪影在湛蓝色下赋词，与长绿乔木和灌木丛一起，于融融月华间弹奏清音，在晚风中共舞。

冬雨霜雪中，冬天的树也会呈现各种不同的姿态，但永远不会失了本真。冬雨洒落的日子，在雨水的洗濯之下，会莹润成褐色的玉，如琥珀一般。霜雪会让它们裹了玉衣，似银条，似玉枝，千丝万缕不亚于千言万语诉说着属于冬天的故事，一条一条，笔笔凝练，枝枝有声，将一个冬天的心事，雕刻得纤细逼真，饱满雄厚。

我喜欢冬天的树，我喜欢那些粗粗细细简简单单的枝枝桠桠，没了花瓣的点缀，没了绿叶的衬托，朴素，凝练而又意境高远。最让我感动的是，无论是主干，还是侧枝旁节，所有的枝枝桠桠一律向上，悄然伫立。无语，寂然，浓烈而深沉。于凛冽的寒风中，娉婷着属于它们的柔情蜜意。

# 黄　瓜

春意一日浓比一日，看左邻右舍都在自家的小院前后左右的空地里忙忙碌碌，理理土、平平地，栽栽种种，甚是艳羡。便有意无意地挑一个闲暇的日子，也在自个儿小院子的空地上用小锹的一角挖开一隅还硬硬的土，撒下几粒黄瓜籽，也算了了一个心思。

开始几天，几乎日日有去看，在望眼欲穿的一周后，终于有芽瓣露出，绽放，伸展，脱胎换骨……藤蔓儿便在我的期盼中越走越远，越走越长，叶片也欣欣然在春风中花枝招展，并不招摇。看着，总觉得在欣赏一幅墨染的中国画。

到了仲夏季节，已然蓊蓊郁郁，一片翠绿。不知啥时，便若隐若现出淡绿的小瓜儿，顶着同样淡绿的蓓蕾，披一身绒毛，羞怯地偎依在藤条的夹肢窝里，稚嫩得让你心疼，怜爱，想触摸而不敢伸手，只用指尖轻轻一触，旋即缩回。忆起小时奶奶说的话：不能碰的呀，会依（花谢不长果，长果长不住），却并不担心。

当那花骨朵儿渐渐地由绿变黄，并且绽放出钟状的、金黄的五角形花瓣的时候，小瓜儿也就到了脱胎换骨的日子。它们褪尽绒毛换成了练武人的那种隆起的健壮坚挺的肌肉，肤色碧绿的小脑袋大胆地探出黑绿的心形叶缝隙，展望这五彩的世界。黄瓜儿的触手，纤细可爱，仿佛一根根翡翠雕刻成的虬髯。比起满藤硕大宽阔引人注目的叶子，它们毫不起眼，但它们正是这种植物的精髓所在。

黄瓜没有直立茎的天性，却有一种母性温柔的坚韧。它们知道单靠自己的力量，无法完成上帝派遣的使命，只有借助他人的力量，才能圆满那个世世代代流传世世代代都想圆满的梦。于是不顾一些世俗眼光的曲解，寻找一切能够寻找的机会。只要一有机遇，便用纤纤碧手，牢牢紧抓，像登梯，也像攀岩，每一步都怀揣梦想，踏着艰辛，拄着毅力。

黄瓜借助竹竿，却希望比竹竿长得更高。它们把玉质的果实奉献人类的同时，也把附着坚韧基因的种子留给了世人。下班回家，或者看书累了，我便静静倚到窗前，看看它们，间或走出去，听听风吹叶语，皆是莫大的享受。

## ❉茶　杯

我的茶杯很普通，是那种随处可见，在不同的手中都有抱着的那种。晶莹剔透的玻璃瓶体，莹润得如玉一般，正面印着一支茶花图案，欲绽还休，婉约玲珑。银白色的杯盖素静典雅，镶嵌着乌黑发亮的烤瓷板，平添了几分庄重沉稳。

这只茶杯陪伴了我多长时间，实在已不能记得清楚，心底里却总以为，它就像一位知寒知冷、知暖知热的体己好友，总在我最是渴望甚而饥渴难耐的时候，恰恰好地滋润我的心田。

用得久了，难免有茶垢积附杯体之内，所以隔三差五就清洗一次，听手指肚子在杯内摩擦划过，有乐音奏起，极是悦耳，便忍不住多洗几次，多听几遍。洗后的杯子清丽如新，在我眼里就如出水芙蓉展开含苞欲放的笑容。

其实，有好多杯子可用，瓷白的、不锈钢的、磁化杯……可自己为什么对它偏偏情有独钟，不曾喜新且倦了甚而厌了它呢？思来想去，原来，与这家伙也有了感情。

倘若一个包包一件衣衣，一旦换了新的，也许会有电花火石的新鲜刺激感，却终究推陈出新，永无止境。就像盛宴上偶遇的友友，虽激情点燃，但激情恰似空中的烟花，即使美艳无比，也极易冷易逝。这杯子，却如手机，常常摆弄，经久陪伴，一如故友，一颦一笑、一词一句积累起来的友谊，才是那种沉香淡雅的滋味，才是沉来浮去依然伫立杯子里面与你朝夕相处的韵味。

是故，便想到网上相谈自在的朋友和现实中的挚友，若无逾越，若无非分之念，处得久了，相谈甚欢，排忧诉怨，逗乐激趣，两个人之间肯定注定有一种割舍不断的缘分，假如不慎积了点茶垢，也不会阻断友谊的通途，只要静下心来细细地洗漱一下，还能有洗不掉的污垢？

倘使你特奢华，一天换一个茶杯，甚至每次换一个茶杯，那种日积月累的厚重的情感将永远与你错肩而过，今生今世无法复制。茶杯如此，朋友如此，爱人更是如此。

# 小　巷

早晨，凉风习习，微有寒意，一人一狗被如师西院墙的几个玉球吸引。狗狗快速过去，欲在其上做记号，却总找不到下脚点，遂拽我前行。巷子口的青石门洞高大威严，静静矗立，似一位老人，把门里门外隔成两个世界。

走在老巷子里，没有车辆亦无喧嚣，偶尔擦肩过的老人也遛着狗，缓缓的，淡淡的。两侧的屋宇飞檐翘角，门楣挨着门楣，屋脊连着屋脊，瓦和瓦的间隙，竟有长成一人高的小树，雕花斑驳的暗红木门古色古香，两只高悬的大红灯笼格外跳脱，青石板铺就的巷路泛着青光，凹凸不平，诉说着千年古城的变迁更迭。喜欢这种感觉，古老古朴古旧，古韵悠悠、诗意款款，落于每片黛瓦，落于每块青砖，落于每个门楣，落于每个角落，恍如隔世的时光。

不知不觉缓步于西行的青砖小巷中。说是小巷，一点儿都不夸张。两边的院墙高耸，益发显出小巷的窄，怎样的窄法呢？两个胖子迎面而过，其中一个必得屏息敛气收起肚子，侧过双肩。小巷狭窄却并不逼仄，说不逼仄，因为只有一人一狗，瘦的女子小的狗。慢慢走着，淡淡想着，彼时，一切都是幽幽的，宁静而纯净。

是怎样的青砖小巷呢！黛墙青瓦，墙头不时冒出几株枯草，有修补过的痕迹，不陈旧不阴晦。入巷处，有高大的玉兰树矗立北墙内，张开的树冠蓬勃着，遮了半壁小径，成了自然的凉台。少见的一扇灰灰的窗棂从里面封着，定是曾经的一座古宅，明眼可见的岁月痕迹。临近旧宅的老墙上，铺陈两丛密密的蕨类植物，半枯半绿，旧光阴还没有完全褪去，新绿不小心冒出，只好翼翼地探头探脑。纤细柔嫩的茎叶，一律斜上，似乎努力想看看外面的世界。苔藓倒是青碧碧的，很厚实，刻下了岁月的印记，新旧交替中的时光缓缓前行，如沙漏里的细沙漏出，不疾不缓，细数光阴，泛不起一丝涟漪。高大森郁的两堵墙不仅阻隔了巷子外的喧嚣，连阳光也只能浮在上空。

除了狗狗的喘息声，静寂是主旋律。风丢下几声鸟鸣，似乎很远，远远近近，近处也在远处。然后我就听到自己的鞋跟叩击在青砖上的“嘟嘟”声，与那鸟鸣声做应和，传出去很远很远，向无限远处伸展。很有戴望舒笔下的那种“撑着油纸伞独自前行”的意韵，没有雨，所以没有油纸伞，也没有寂寥之感，只有幽静与恬适，故而步缓，故而美好。

小巷的尽头还是小巷，宽了些许，便传来隔壁校园里的广播声声。墙太高，无窗，窥不得一二。有青砖的窗样，不知是否留了作画舞墨，广播里念的是古诗，丝竹声声，古韵流转，与这小巷倒是应景。这条小巷的尽头，巍巍的院墙上爬山虎还很稚嫩，手掌形的小叶随风轻摇，藤蔓儿如帘，一帘幽梦里的珠帘，绿绿的，稀稀的，疏朗有致。墙壁上去岁点点的足迹隐约可循，似乎正期待夏日快点来临。有瘦的青竹从墙内斜逸而出，很古朴的一幅画儿。

出得巷来，广场上一派春色，广玉兰和春梅大肆热闹了一阵，花瓣随了春风早没了踪影，一树树的新绿和周围的一切新叶辉映。海棠一地的落英，繁华的盛大舞会过后，面色很是憔悴，褪了娇媚的红晕，惨白了一张张小脸。似乎骄傲的女子，一夜狂欢过后，多少有掩不住的颓废，依然婉约旖旎。马路上人声鼎沸，车水马龙。巷里巷外，两个世界。

# 绿园，绿园

此绿园非彼绿园。

那时绿园，如风中仙子，轻灵隽逸，闲适自在。小径婉约，曲曲弯弯，或伸向河畔，或隐于树丛。径边有花有草，普通不失雅致，惯见不失风韵。我时常和豆子前去，几乎在每一个有闲暇的周末。绿园处处，留下我们的身影。

我们在磨盘铺就的路面一块一块地跳，边跳边数；我们在汉白玉雕成的名人塑像前驻足，猜测是谁；我们在云头雾足美人腰的盆景边逗留，试着用比喻句；我们在挖河的泥沙堆成的高坡跑上跑下，然后单脚立起倒去鞋里的土；我们在平好土整好地尚未植树的开阔地放风筝，大声地叫；我们最爱在人工河畔，有时望夕阳映照河面，粼粼的碎金片片拖长身影眨眼的风姿，有时专心地寻觅几块薄瓦细砖练水漂，然后让欢乐的笑声一波波漾向远处，向整个静寂的绿园撒欢问好。

那时的绿园是这样的，有时半天不见一个人影，除了小树林里偶尔的鸟鸣，许或因为我们的造访多在午后，鸟鸣真的很少，比能看到大鸟的机会都少。有漂亮羽翼长羚长尾的野鸡风一般跑，没见飞；有还算好看的野鸭水上漂，扎猛子。我想也许它们本就不会叫至少不爱叫，叫的往往灰影一掠而过，比如叫天雀，声音清脆，还有老鸹，声音粗而难听。人工瀑布极小，水流的哗哗声也很秀气，需走近了才隐约可闻。有时偶尔几个身影，总是在劳作，铲草去枝或栽树，瞪几双好奇的眼望我和豆子，我便友好甜笑豆子萌笑，他们便还以微笑。

世界都是静寂的，安宁而祥和，但不寂寞，因为有我和豆子。如果笑声可以串串儿，还是红色的话，绿园里一定挂满了糖葫芦，材料是豆子的童年和我年轻的身影。

这个绿园呢？真的不一样呢！

现在的如皋绿园一馆三园：江苏盆景博物馆，东方盆景园、精品盆景园、东方牡丹园，分列在道路的南北两侧。一律的飞檐翘角，虽是古式建筑，却是簇新，很是高大上，全无古韵。如果不是路的尽里头那些曾经照面了无数遍的瓷白塑像，我便只以为毫无关联了。无论哪个，名字都不好听了，没有绿园诗意。

盆景实在熟悉，博物馆也有参观，倒是这牡丹园，建成不过两年，两周前在老同学的引领下无意闯入，毫无心理准备，见着那株株绿翠暗红间圆球似的花苞惊喜自不必言说，在明艳如霞似粉的海棠树下草草留了影，心中想着下周，于是今次便来了。

一周，几乎所有品种的牡丹都迫不及待怒放了。洛阳红、赵粉、海皇、卷叶红（都是从小牌牌上读的）……竞相盛开，争奇斗妍。红的灼灼如火、白的玉骨冰心、粉的如霞似云、紫的端庄秀丽，还有半红半粉的如梦似幻，散落绿叶，密密处亦不扎堆，多处也不过两朵，尽显大家闺秀的风韵，煞是惊艳。

三春堪惜牡丹奇，半倚朱栏欲绽时，怒放的牡丹更令人啧啧赞叹。花盘极大，一朵有一朵的姿态，有的芍药一般瓣瓣叠叠，不见花蕊；有的瓣瓣展颜露笑，黄蕊轻吐；有的蕊中藏瓣，瓣中嵌蕊。朵朵国色天香，满园芬芳。你若盛开，蝴蝶自来，没有蝶，有蜂无数，一朵花间常有数只蜜蜂嗡嗡，想不招摇都不行。真是望却花无数，天下更无花胜此。

这一来便是两次，因了周六有事耽搁，心无旁骛，尽拣了牡丹绕行，很快便夜色阑珊，总有意犹未尽之感，除却牡丹，更想看看这园内到底怎的构造。

入门处，木制的影壁上爬满绿蔓儿，倘置一椅，斜坐轻倚侧耳，听风过，该是怎样的浪漫。园内左右皆是小径，右侧亭台楼阁、小桥流水、曲径通幽，或坐或漫步，皆成诗成画；左侧翠竹根根、假山秀颀、树影婆娑，有侧卧水面的，更是别有一番风情。在欣赏“独占人间第一香，竟夸天下无双艳”的花中之王的同时，更有无限生机与乐趣，留影无数。

有友说拍景不拍人，怕破坏了。是这样吗？我却总喜欢抱了艳艳的花和美美的景拍照，它们少了我不行，我见花儿多妩媚，花儿见我应如是。哈哈！

过两天我还会去，想看美人迟暮。

# 小　丘

听到母亲大声呼唤土豆且有些恼火的声音，心中暗笑，它现在一定如一匹脱缰的野马。脑海中不期然地出现土豆撒开四蹄在草丛中奔跑跳跃的画面，娇小而又灵活的土豆儿，活泼而又精神气儿十足的土豆儿，定如幻影一般，在草丛中飞奔。它的长长的黄毛马鬃般向后扬起，一会儿被草牵住身体，一会儿又没入草丛，一会儿跳上近处的山坡，一会儿又骤然消失。担心它消失得久了，它又会在另一个山头蓦地出现……拉下一条条杂乱无章又华丽无比的线，乱到极致，美到极致。我站到西窗边望的时候，果然。

楼房的西边，有两个土坡。我喜欢叫它们小山。大白天的时候，众目睽睽之下，我有些羞怯，只有借了土豆的名儿，跟着它在山坡上下转悠。我曾经沐浴着夕阳的余晖，站在小山的最顶端，抱着土豆儿，让豆子帮我拍照。我觉得挺有那种“一览众山小”的欢愉。

一处居民楼里，这样的小山实在是罕见的。它卧立在一大块绿化丛中，也许只是在建筑楼房的时候多余下来无处安放的两大堆泥土，该是怎样玲珑的人儿，做了巧妙的再利用。总之，在一马平川的绿化地带，它现在形成了两个不算小的醒目的小山的形状，上面铺了满满的密匝匝的草。若在春夏，一片碧绿，现在则是一片衰败枯黄。枯茅草铺就的外衣，不显荒凉，却让小丘多了一份别样深邃的美感。旁边稀稀松松似有意又似无意不成规则偏又有迹可寻地站着几棵雪松、几株芭蕉、几株桂花以及几株玉兰，数九隆冬，它们的枝头依然绿意闹，葱茏葳蕤。几棵枫树银杏和腊梅则一片灰白，瘦成另一番风景，简单而又质朴。不细看，你几乎看不到蜡梅枝上疏朗的花和蓓蕾，若不是暗香浮动，鼻息盈然，也就真会忽略了。四周围了一圈云头雾雨的香樟，下面紧围的是低矮的红绿嵌色的叫不上名儿的风景树，整个的便清新耀眼了许多。

小山的右侧东西横贯的就是那条清澈绵长的小河，斜斜地泻向西南。碧水清清，倒映着远处高楼和两岸树木的身影，水波轻漾，倒影便随波上下轻窜，光点游蛇一般，宛如梦境。小河曲折，两岸的青灰本色的水泥护栏如图片中的远景长城般穿梭延展，岸边人工培植的沿阶草一片青葱，伸向未名的远岸，中有白桥镶嵌，说不出的美好与绮丽。有山有水，这是多好的处所呀！小河让我一见钟情，小山让我再见倾心，所以我常常站在窗边，静静地望。

现时，阳光静静地泻在枯茅草上，将本无生机的枯茅草刷洗得金光闪烁，犹如洒满了细碎的金片片，生机无限。土豆仍然在其间轻盈跳跃，凌波微步。回家才两周的小思思紧随其后，不时摔倒，爬起；爬起，摔倒，白绒球一般在草间滚动，与土豆的彪悍交相辉映。这里，成了土豆儿和小思思的天堂。

# 小　河

低沉的机器轰鸣声震碎了我的梦却砸不开我困倦的双眼，闭着眼睛滚下床睡眼惺忪中便赤脚往外面走，来到后窗——

啊！啊！啊！

微眯的双眼已睁得溜圆，眼珠如果可以蹦出来的话一定已经跳出了眶，我无法阻止来自心底的欢畅。

屋子后面有一条小河，初来的时候，那个秋天，我这样识它：

眼前的这条小河，宁静，却不清澈，许是最近下的雨多了，水面漂着很多的浮萍，和秋的纯净显得格格不入，偶然泛起的波纹倒是轻柔，何处合成愁，离人心上秋，仿佛是有了愁怨的女子，错过人生最好的光华……

我却无法停止喜欢它，因为它叫小河。我每天都会看它，从楼上到楼下。

沿着这条小河西行，河两岸的树木葱葱郁郁，有人工培植的，也有丛生的杂树。一百多米，过一白色石桥，再有一两百米，过一白色石桥，有一条很宽很宽的大马路，马路对面就一大池塘，圆圆的，我喜欢叫它湖，因为它很大很大，比我老家那条全村人都喜欢的周家河的双倍还要大。湖边有许多的芦苇，还有很多蒲草，不知是野生的，还是谁闲着没事种下的，里面的水少有的清澈，蓝蓝的，对岸不少参差不齐的树，还有一栋小厂房红白相间，那些树的影子倒映在水中，和蓝天、苇花、小厂房的影子重叠在一起，生出几分梦幻，颇有几分人间仙境的韵味。

沿着小河东行，不远处就有两座石桥。一座是破的，一座是好的。两座石桥紧挨着，看得出破的那座是在建筑的时候倒塌了，然后你就伤心地看到小河到这里被石块和泥土阻断了。沿桥的东边小河继续前行，河两岸多是杂树，高高大大，像极了小时候乡村宅院四周的林木，不时便有啄木鸟、白鹭、黑鸟，还有很多叫不上名的鸟儿飞过。东行百米，竟是一条南北流通的河，一边紧挨着附近的居民楼，另一边则是一望无垠的田野，害我常常在田埂上闻小花嗅野草，欢快地东张西望。

问渠哪得清如许，为有源头活水来。小河是有源头的，可它并不清澈，因为一座破桥阻隔了它的灵动……

此时此刻，窗外挖土机欢快地轰鸣着，如高昂的鼓点，敲奏在我的心间。

小河，你会和秋水一样澄明吗？

一如我心！

# ❈常家庄园

车辋村，距山西榆次城区东南35华里，属东阳镇。相传战国名将白起死前要求，将他的尸体装上马车，在他打下的地方走，一直到辋（车轮周围的框子）断裂，就把他就地埋葬。白起便埋于车辋，但是该墓已不复存在。又有说法，此村原来由4个自然村组成，四寨中心有一座大寺庙，与4个村子等圆半里路，形成车辐状，故名。从康熙到光绪末年，车辋常氏经商获利颇丰，成为晋中望族，历经二百多年，建起了东西南北两条大街，将原先的4个村庄连成了一片，就是现在的常家庄园。

横亘在我面前的是一本书，一本古老厚重博大的书，需要用平和的心态细细翻阅，体味那一砖一瓦是如何撑构起北方汉族民居之首的恢宏方正，一草一木又是怎样联袂成中国最大的北派私家园林。

伫立于线条柔和的石拱桥上，聆听着桥下流水潺潺，似在讲述一个久远的旷世传奇。正前方，一座高大的三层堡门，红色灯笼坠悬，饱涨了我的视线，那巍峨让我心惊，那庄严又让我崇敬。“常家庄园”4个苍劲有力的大字悬于顶眉，格外醒目。它苍老却健朗的目光注视着我这个不速之客，似乎千年邀约一朝成行。我顶着北方萧萧落木的空旷与寂寥匆匆而来，只为看一眼苍迈的枝头开着怎样不败的花朵，品品儒家秩序的森严，尝尝道家浪漫的彰显，看它们又是怎样在这华夏民居中互增互补融合一体。

移步近前，南北两侧的堡壁上，是苏轼楷书欧阳修的《丰乐亭记》与《醉瓮亭记》。凝眸处，但见一位仙风道骨的老人与我对坐，侃侃而谈，细述他曾经雄弘的情怀与博大的底蕴。

穿越门楼，一条古街将目光延伸到好远好远。青砖铺路，酒旗飘扬，一边是临街宅子威武贵态，一边是各色古韵悠悠的商铺牙旗招展。令我最最扼腕的是那些砖雕，虽然许多花样不解其意，许多文字不识其形，但那种遒劲大方古朴的意韵，那种精雕细琢，让我感叹又感动。它们灵动的神形意韵仿佛阳春白雪降落在下里巴人面前，这种博大精深的作品倾注了先贤的多少心血与智慧，而浅薄的自己只能用简单的“文物”二字去观瞻。

二十七宅，宅宅富丽；二十五廊，廊廊堂皇。一砖一瓦，就是一词一句，讲述着曾经的辉煌；森严的祠堂，雅静的书院，叙说着当年常氏家族的生活起居。

去得心急，游得粗略，归得仓促，脚步匆匆走过了 12 万平方千米，诸多遗憾连着震撼装进行囊。转念间又释然：一个肚子再大的食客，如何能一次不停地吃下诸多诱人的美食？哪一次驻足停留间不留下些许遗憾？

# 第三辑 记得当时年纪小

走过无数跌跌撞撞，挨过无数当头一棒，无论时光如何流转，最刻骨铭心的仍是年少过往。

# 捉雀的孩子

有一个老人，很多年，从我上四年级，到我上初中，到我从外地求学归来，到我工作，甚至当我有了孩子，无一次例外地，他每次在看到我时，总会发出开心的大叫：

“捉麻雀的小姑娘家来了！那个捉麻雀的小姑娘家来了！”

记忆便如束起的长卷，慢慢摊开，延展，回眸，定格到那年。那年我上四年级，那年我还是个 10 岁的小姑娘。

那是一个秋天，有棉花有荞麦的季节是不是一个秋天？还有大片大片的，我不确定是麦子还是玉米，比当时的我半人高一点点。或者，那是一个夏天？时间，终于让记忆久远得开始模糊。

那天风好大好大，我撑着大大的油布伞，新的黄色的硕大如朋的油布伞，由一根根粗壮的毛竹做成伞箍，中间的伞柄就是一根三四指粗的竹身，足可以抵挡住风雨而不必担心被掀开。单薄的我团缩着常常定住无法前行，因为风和伞玩着力量的对抗游戏，害我不得不时常跟着伞往后退。

那天雨好大好大，一定是天幕太过破旧，风一起，扯得不成样子了，天河的水便再无遮拦，快活地拼命地往下奔腾，劈头盖脸，铺天盖地，终于起了雾笼了烟挂了帘，四野里白茫茫的一片，只能瞧见伞下脚前的一方天地。

我就那样一个人，在大风大雨里深一脚浅一脚地颠簸，往前走走，往后退退。四周不见一个人，好久好久一个人都没有，人们都到哪儿去了？那时的我没有想。只是拼命地顶着伞一边与大风大雨做着抗衡，一边拼命地往家的方向赶。有好多次，我甚至想放下伞了，觉得伞太重太重，我甚至感觉到自己在一块地儿停滞不前好久。当我试图把脑袋从伞下探出的时候，风一下子迎面扑来，很猖狂，雨狠狠击打在脸上，真冷。头发一下子湿了，雨水从发梢往下淌，我赶紧躲到伞后。

终于，走到砖瓦厂的时候，我的世界有了鲜活的东西：有雀儿飞过！麻雀！好多好多的麻雀，它们飞得好慢好慢，它们飞得好低好低。我的眼睛追随着它们，看它们那么吃力地飞，看它们不时地停到砖瓦厂一人多高的院墙上。突然，一个念头闪过：它们被雨淋了翅膀，飞不高飞不快，我能捉到它们！“心动不如行动”，当时我的词海里肯定还没有这个俗语，但我肯定是个行动与思想极一致的孩子。很快地，我选定了一个目标，开始紧跟在它后面……

我后来脑海中无数遍地映现这样一个画面：一个小姑娘放下了伞和所有拿着的东西，她在风雨中奔跑，她在追那些被雨淋湿了羽毛和翅膀的小鸟……倘若是别人跟我讲这样一件事，我不知道我会不会相信，因为迄今为止，当我想把这个画面讲给每一个我愿意讲给他听的人听时，我仅仅听到一个人毫不犹豫地说“相信”。几乎大多数人都以为我在编故事。我当然没有编故事，因为这是我的亲身经历。

麻雀飞到哪儿，我就跟到哪儿。有好几次，我都感觉自己碰到雀儿的尾巴或者翅膀了。可我，许久许久，没有能够捉到一只。我气喘吁吁，汗水和着雨水在脸上纵横流淌，我只是用衣袖把眼睛上的抹去。让我百思不得其解的是：为什么当我就差那么一点点就可以捉到的麻雀，在我碰到它们的身体之后，突然迸发出惊人的力量，一下了窜出去老远老远，且越飞越高？

就那样，一次次险险的，差一点儿差一点儿，还是差一点儿……天已擦黑了，我还是没能逮到一只麻雀。我已经跑不动了，我的浑身湿透，我黑亮的眸子里除了失落还有思考：为什么会这样呢？为什么呢？终于，我盯准一只雀儿拼命地跟着它在棉花地交错的枝里跌跌绊绊，从棉田跑到了荞麦地，从荞麦地跑进玉米地，翻过两条小河，无论它飞高飞低，不管它是飞是停，我就只盯着它，终于在离砖瓦厂几截田之后，在碰到数不清只小麻雀的翅膀或尾巴之后，一块不知道长着什么的地里我逮到了它。

我浑身湿嗒嗒，还是兴奋地加大马力找到放书包和伞的地方，却什么都找不到了。暮色四起，我突然感到非常害怕，不仅因为夜色，还因为我丢掉了的东西，我不知道后来我是怎样跑到奶奶家的，甚至后来再发生了什么，我也忘得一干二净。最后的记忆就是快睡觉了，瑟瑟发抖的小麻雀还被我紧紧地小心地攥在手里，思量再三，我找到奶奶家屋旁边的一个草垛子，我用手一直挖一直挖，掏了一个足够深的洞，深到我的手几乎都快够不着了。我把雀儿塞到尽里面，用草挡住，我还怕雀儿太闷，不敢挡太严实。哈哈，结果怎样？

第二天早上，我睁开眼的第一件事，便是快速地跑到草垛边，小心翼翼地把手探向里面，结果怎样？结果，我辛辛苦苦逮的雀儿，当然不见了。

只是那个老人，那个叫我“捉麻雀的小姑娘”的老人，他为何不曾出现？其实，真的，假如不是他见一次叫一次“捉麻雀的小姑娘家来了！”“那个捉麻雀的小姑娘家来了！”我几乎就不记得有他。因为可能就是在我跟着麻雀跑来跑去跑来跑去的当儿，我不仅跑到了各种田里，当然也有跑到路上，然后老人恰好出现了，恰好惊诧地看到了这个画面：一个小姑娘在风雨中奔跑，她在追那些被雨淋湿了羽毛和翅膀的小鸟。或者，他大声问我："你在干什么？"我已飘远，风把我的声音送过来："我在捉麻雀……"

# 记得当时年纪小

记得当时年纪小，我爱谈天你爱笑。有一回并肩坐在桃树下，风在林梢鸟在叫，我们不知怎样困觉了，梦里花落知多少。

——题记

静静地坐着呆呆地看着，也不知坐了多久，也不知看了多久。快30年了吧！30年的时间有多长？这真不是一个可以度量的概念。但是一定很长很长，长到一些人已经找不到一丁丁点儿年少时的痕迹，有些人只能约摸看出些许轮廓。看着一个个走形的将军肚，黑发中夹杂些许的白发，微笑时眼角掩不住的细纹……不变老的神话只是传说呵！

突然就发现自己一边笑着一边流着泪，真的好呢！空间里偶有朋友晒初中的同学聚会，当年今昔对比，欢笑溢满眼帘，就会呆呆的。陀螺一样转着的自己，似乎跟所有人所有过往断了联系，如散落天涯的一枚棋子。儿时伙伴，同学少年，只在心心念念间。许是日渐衰老，青春不再，怀旧的心思越来越重。还好，上天垂怜，在今天，毫无征兆地，初中同学就约上了几个，叫上了我，还建了同学群。

现在我就这样打开了群，看着他们头像里的照片，看着他们发出的照片，看他们说，看他们回忆往事……

那时我多大？老师说在他印象里，那时我最小。是呢！最小的我，最调皮捣蛋的我，也是最聪明的我。哈，不知道儿子听到别人这样对老妈当年的评价，会笑成什么样子。只是那时，我还没有现在的他大呢！我真是个不会羞惭的人呢！沙说，最是叛逆的那段时光，就那么简单。他说，那时，若听到别人说我的不好，他都会为我去争辩呢！真的好感动，上学时候几乎都没有跟他说几句话吧！在他们眼里，我当时是不是就是个小妹妹呢？望着老师头顶渐疏的发，些许唏嘘，他那时候也就是个大孩子呵！才毕业的大男孩该是为我们操了多少心伤了多少神呢，尤其于我。呵，笑一笑吧！不必耿耿于怀的，没有人会介意，那时只是个孩子，那时正值青涩年少。

沙子说，毕业后我上师范她上商校时，我给她写的信她还一直收着，我难以置信地盯着她看。沙子善解人意地说，自己对别人做的事都会不记得的，但别人对自己做的事都记着呢！是这样吗？沙子，若是真的写信又怎么可能只是我写给你，你也应该写给我了呀！突然有点恨自己了，我是不是患了选择性记忆？是不是因为太急于忘记一些事，于是忘记了很多本不该忘却的。沙子把信的原稿拍成片片发给我的时候，对我而言真的恍如隔世，那熟悉而又陌生的字体肯定是我的，20 多年的时光啊！沙子竟然一直收得这么好，为什么她还要加上那么一句“是啊，重温是那么美好，你那么纯真”，为什么那么急于隐藏糟糕的我在你们眼里这么的好？

我从来就不是个乖孩子呵，虫儿，当着那么多人的面干吗还要揭我的短呢！我们老翻学校院墙出去看电影，还被老师抓着，哎呀呀，羞死人了。还有啊我身手那么敏捷，至于挂大门上下不来吗？唉，姓陈的，我那时没有得罪你吧？还起劲地做起证明人，唤醒我沉睡的记忆。老师，你今天可没有告诉我，当时我们被抓了还站着上课，你只是告诉我你找虫儿谈话了，真是应了那句话：全世界都知道你爱着我，只有我不知道！虫儿，我真的没有装傻，原谅我那时粗糙得像个男孩子，因为那时候大家对我都很好，好到我以为理所当然。谢谢你那时候对我那么那么好呀，好到所有人都记得我吃了你好多好多东西，还有人跟着我吃了你好多东西，呵呵，好在我没有发胖，不然跳进黄河也洗不清了。

爬海（螃蟹），还让我这样叫你好吗？为什么大家都说你没有变呢！这哪里是我记忆中的螃蟹啊！又瘦又小，古灵精怪，看到老师一本正经，看不到老师调皮捣蛋，还以为老师不知道呢，老师都知道得一清二楚哦！为什么你就长得这么高这么大了呢！你是为了证明一下自己再不是小螃蟹今天才约我们的吧！想着记忆中的你咧开嘴笑的样子，那时你的笑让我很开心哦，所以特别喜欢喊你螃蟹，沙一厢情愿呢！我哪里把你当小玩物，我就是喜欢看到你的笑，咧开一嘴的小白牙，好像那时候还有两颗犬齿哦。

老马那时候的力气好大呀！我总记得，她轻轻的一巴掌就能把我抽趴下。大炮呢？最记得一次在路上遇见，她拉着我一阵叽里呱啦！后来来的小美女呢？她笑的样子好甜美。那个调皮的捣蛋鬼呢？我和老师一起说服他来上学。还有还有呵，文静的调皮的，勤奋的捣蛋的……往事如昨，至纯至美的中学时光，就这样从记忆深处侃侃走来。人到中年，经历了世事的沉沉浮浮，越发觉得学生时代的生活最是难忘，同学之间的友谊最是真纯。人生能有多少个三十年啊！我们真的该在碌碌的奔忙之中找点闲暇，去往事里走走，去听听久违的声音，去看看久违的面孔……走过无数跌跌撞撞，挨过无数当头一棒，无论时光如何流转，最刻骨铭心的仍是年少过往。有歌在耳畔轻唱：

记得当时年纪小，
我爱谈天你爱笑。

有一回并肩坐在桃树下，
风在林梢鸟在叫，
我们不知怎样困觉了，
梦里花落知多少。
……

# 翻　阅

大晶在微信上留言，我笑着看，却发现已泪流满面。

大晶说：

我时常想起我俩一起逃晚自修，去看电影，早上起床晚了，上课迟到，印象最深的一部电影是《八个女兵》，是刘威和何晴主演的！

真的对不起大晶，我肯定和你一起溜出去看过电影，可我竟然一点儿不记得《八个女兵》，也不记得刘威和何晴。在那个追星捧星都还羞涩，电视电影都很匮乏的年代，贴在我所有课本日记本纸张内外的全是香港女星：米雪、赵雅芝、翁美玲……可我真的不记得她们拍过的电影。那时糖担儿上卖的小贴画全是她们的身影，我迷的只是她们梦幻的眼睛和烈焰小红唇。我能记得的国内影星只有潘虹、陈冲和刘晓庆。在那些为数不多弥足珍贵的露天电影里，潘虹的《人到中年》让我在懵懂的年纪依然泪如雨下，陈冲、刘晓庆的真假小花我喜欢的是甜美与清纯。可我真的不记得刘威与何晴，也许不是他们不够精彩，只是就像我读文章总不记得作者。所以呵，大晶，你给我的启示便是：我今后写文章，女主都用我自己的名字。这样，不用记也不会忘记呵！

大晶说：

看了你写的东西，我不知道什么感受，那时一起在窑洞里聊天看书的少女已经走过了千山万水，一路荆棘，一路成长……

大晶，那样的日子真的很美好。废窑洞在如海河边，河上有废弃的木船，河边有大片的芦苇，河水清亮亮的。每次看到芦苇，尤其看到苇花，我总有一种说不出的欢喜。

你说我是个梦一样的女孩，秋冬时节的芦苇滩和满目的苇花总带给我无比震撼。苇花凄然地白着，满目苍茫，那苇秆轻晃而怆绝，仿佛随时准备折断。那秀拔的气象只能在古人的水墨画中一见，苍凉的意韵弥漫。站在苇花前，我总会发呆，莫名的悲凉在胸臆间流窜，浸漫四肢百骸，让我久久无语痴立，恨不能就此死去。咽一口唾沫，我时常会在脑中幻化一幅画面：一个赤脚女孩，在苇草中奔跑，那小姑娘自然是我——艾玛苏苏。在我前面，阳光如水般漫延，宁静而又温暖……

你会突然问我："你在听吗？"我浅笑嫣然："在啊！"

有风徐来，我们捧着书，假装在学习，我却时常停下来，看苇花轻摇，看水波荡漾，听你叽叽喳喳说。我看着你，你的眼睛真的好大好亮呵，高挺的鼻梁，有形的大嘴，你的五官真的好大牌啊，我就那样呆呆看你，看你口若悬河，看你神采飞扬，可是大晶，我真的不记得你都说啥了呵。

还有呵，就像我跟你说的，有些东西啊，我宁愿永远不懂。这样的成长啊，我真的宁愿不要。一晃 20 多年过去，人生已过半，却依然不明白生命的真谛所在。

大晶说：

突然觉得过去的几十年我们是不是都卸了心房像白痴一样活着，当大雨来临时，才知道自己的巢穴千疮百孔！

我不知道，大晶，过去的几十年，我不知道那样活着是不是白痴一样。

我的师范老班长说：世界是无情的，残酷的。我们生到人世间没有人知道为了什么，我们死后没有人知道到何处去。也许上天让我们到世上一遭，就是体验各种真实的情感，这就是生命的意义所在……

我们可以很轻易地定义一件实物的价值，却无法用价格标注一段相伴的时光、一次让人体验温暖和感动的经历、一个动人的微笑、一句温馨的问候。

正是这些无价的回忆，造就了现在的我们，而我们的珍藏，也正因为注入了人生的经历，超越了现实价值与时光的蹉跎，演绎出隽永的意义……

可是大晶，我还是想说：白痴其实很幸福！巢穴千疮百孔，终究还有个巢穴。你对谁都好，就是忘了对自己好。年纪轻轻，便全身是病。慢慢耗吧！耗着耗着，我们就老了……

# 又见丫头

许多看似拥有的，其实未必真的拥有。那些看似离去的，其实未必真的离开。倘若因果真有定数，有朝一日，该忘记的都要忘记，该重逢的还会重逢。

——题记

丫头在微信群里说今天要来的时候，我是兴奋不能自已的。27年真不是一个短的时光，看着头像里面她略显憔悴的面容，我无数遍地想象着她的模样，我甚至想也许更糟。

经年不见，每一个同学微信上的头像，我都会放大放大看了又看看了又看。我不是想看他变了多少，我是想找寻曾经的模样。丫头在所有人里面是最显老的，也许就像一个同学说的，那时候女生都已经长开了而男孩子还没有发育，所有女孩子都能找到旧时模样，而男孩子则不然。请允许我依然称她们为孩子，因为在我的脑海里记忆中，她们的确就是孩子。也许有些人一辈子就只能是孩子在记忆里留存。

沙私我告诉我丫头是得了病的时候，而且是很不好的鬼病，我的惊愕和难受一下子就从心底里涌了出来，浑身发懵，突然间就好想好想好想去看看她。也许不见我们就真的一辈子都不会见到了，那样一个稳稳笃笃把同学会约在明年春天的我，也许嘴巴里虽然说着我们老了，内心里还是觉得时光依然可以挥霍，我们还有大把大把的时间。我突然就害怕了，唉，我的情绪总是比我的思想走得快，而我的行动常常和情绪并肩齐行。我觉得我不去看一下她祝福她上天是不会原谅我的。

以为丫头是在南京的，脑海里盘算着什么时候去合适，怎样去。还没有理出头绪的时候，丫头跟我说她要来小城要我请她吃饭，忽然觉得好雀跃好雀跃。忽然想约会每一个同学，好好儿地好好儿地看看他们现在听听他们说说过去，为什么一定要等到大家都到齐了呢！我想见见每一个人，一群更好了，单独见也不错啊！

丫头说到了的话会打电话给我，可我从早上开始就心神不宁，我觉得就这样干等她打电话是很崩溃的事，于是8点钟，我慢悠悠慢悠悠地出发了。我希望她打电话给我的时候我突然出现在她的面前，让她知道我有多想见到她。原来，我还是那个多情的我呀！

不多的几个同学聚的时候，我的嘴巴里突然就蹦出了一骨碌一骨碌的名字，也许，这些名字27年我都不曾再叫过，可他们就这样不期然地从我的嘴巴里蹦了出来，仿佛从没离开过。原来有那么那么多的小圈子呵，原来有那么那么多的小圈子里都有我呀！彼时的我该是多么的顽皮活泼呀！而我几乎记得每一个。而我记得的每一个几乎都在做着我们喜欢做的事——玩耍。

和丫头谈起来的时候，那个记忆里的小圈子竟然有些失真了，不仅是初中同学还有小学同学。我喜欢到丫头家去玩，很自在。一对很是慈祥的父母，还有一个热情的大哥哥一个呆萌的小弟弟。我最记得的还是丫头邀请我到她家去摘菱。

丫头家的房子的后面有一条清凌凌的河，每年夏天的时候，你几乎是看不到河水的，因为河面上浮着很多很多的菱角的叶子，平行四边形的带锯齿边的叶子挨挨挤挤地铺满了河面。拎起叶子你才能看到下面藏着的菱角宝宝。丫头家的河里的菱角宝宝真多呀！比我老家河里的多多了，不仅有我老家河里的小的野菱还有我们称之为家菱的大菱角，不仅有 4 个尖尖的，还有小船一样两个尖尖的。

这段记忆常常会在我脑海里面映现。没有小木船，不是赤脚下河的。小时候乡下洗澡的长木盆就这样往水面一搁，木盆中间偏后部分放一小板凳儿，只能放一张小板凳儿，就是船了。所以开始很久，我都不敢下去。后来被搀扶着小心翼翼地跨进木盆的时候，盆是乱晃悠的，我差点就放弃了。丫头一直在旁边说："没事的，没事的，我们都是坐着这个木盆采菱角的。"好吧，既然丫头都这样说了，那我就上去吧！最后还是坐到了小板凳儿上。

那种感觉真好，前面是一望无际的绿，强烈的阳光照射在河面上，菱角叶上都反射着粼粼的光。我兴奋地探出手去采菱角的时候，木盆却开始颠簸，我急急收回了手，心扑通扑通地乱跳，丫头又开始好心地在旁边提示。不久我就适应了，而且后来我就在木盆里故意晃悠，听他们很紧张地制止，我就晃悠得更厉害。不时地把手伸到水面去，看手指拨出的水滴在阳光下跳跃，我的心该是多么的欢呼雀跃呀！

虽然那天我答应母亲早点回去，可我感觉中玩了好久好久，采了好多好多的菱角，好开心好开心。开心到一辈子在脑海里都不会忘记，且时时在我的记忆中泛滥。所以，我怎么能不去见一见丫头呢！

是我先看到丫头的，这个狠心的姑娘还准备回去之后给我打电话，不知道如果真的这样我会沮丧成什么样子。她竟然已经检查好出来了，说回去有事，说下午还要来拿报告。医院的门口车很多，我转了几圈一直找不到停车位，当我钻进一个狭窄的弄堂发现不对把车倒出来的时候，我看到了丫头。上天总是眷怜我的，我这么渴切的心愿怎么可能会交错而过？我快活地喊她。后来我忍不住想，是她没变，还是因为我看到了她现在的照片。谢谢上天，丫头的确得了怪病，但她现在很好，真的很好。还有什么比这个更好的呢？

即使知道丫头的时间很紧，我还是不管不顾地拉着她絮絮叨叨，我不会俗事的应酬，我只有一腔的真诚。突然发现，念了那么多年的阿弥陀佛，读了那么多的禅语，在想念的人面前都是那么苍白无力，终究在红尘中走，怎么可能看破红尘呢！真好呢！丫头很好！我相信她会越来越好！

回家的时候感觉阳光很好，很强烈的春天的味道。向母亲汇报着发生的一切，母亲随着我一同欢喜。当我还在激动里无法自拔的时候，就看到朋友圈发了一个信息，一个 30 岁左右的年轻人跳河自杀。真的无语，只有叹息。我现在突然也很佩服能自杀的人，这需要多大的勇气。就算人生真的无可眷恋，有自杀的勇气，为什么就没活着的勇气呢！原来活着需要更大的勇气啊！想着和丫头交流的时候，高兴着她的坦然，甚至也和她说了，有些人即使身体好好儿的也会自杀，所以，人生就是一场考验。

流水过往，一去不返。无论你如何隐藏，岁月还是会无情地在你脸上刻下年轮的印记与风霜。好好儿活着吧，活在当下，做一些自己想做的事，去一座和自己有缘的城市，看一道心动的风景，珍惜每一份相遇的缘，无怨亦无悔。

# 匆匆那些年

熊猫！

我还可以这样叫你吗？熊猫！我觉得不太妥当哎，你已经长成了一个温润的女子啦！哎呀，这样一想这种感觉可真不好。真希望你还是当初我初见时的模样。

你是什么样子的呢？大家为什么会叫你熊猫呢？我似乎都不记得了。我能记得的就是我们的初见。1991 年的那个夏天，你把东西放下了，我把床铺整理好了，于是，你看看我我看看你，于是我们便一起去了小卖部。我记得很清楚，那天你吃的就是熊猫，熊猫冰淇淋，而我吃的是重赤豆。后来我们经常一起去小卖部，要么都吃的重赤豆，要么都吃的小熊猫。如果吃的不同的，也会互相咬两口。天可能太热了吧，吃着吃着熊猫就融化了，奶油滴到了你的衣襟上，你拼命地擦，却越擦越大。然后我们一起去了盥洗室，你笨笨地洗，那是你第一次洗衣服吗？

记得毕业后的某一天你突然发了个信息给我，你说我过去对你真好，无条件的好，无原则的好，你甚至有故意招惹我想让我生气，可我都没有。是这样吗？为什么我从不曾觉得。如果没记错的话，静应该也问过我这个问题。她问我同样的一件事，为什么我对你和对别人就是不一样，为什么我总能容忍你纵容你，真的是这样吗？你有需要我容忍或者纵容的吗？你在我眼里哪里都好啊！一颦一笑一举一动都是那么可爱，你那么聪明灵动，又那么纯朴善良。我真的不觉得不好两个字还可以安放在你的头上。我能知道的就是我很欣赏你，跟你在一起时很开心，很轻松。理所当然，一切都是理所当然。如果一定要问我答案，那就是没有理由。真正对一个人好是没有理由的，你有这样的体验吗？就是我愿意我喜欢，如此简单。如果你非要我一定要找出一个理由的话，你跟我弟弟同年同月同日生，这算不算理由？

那年进入这个班级，南通地区你是最高分，苏南的试卷不一样，不好比。这就让我足够欣赏你了吧！当然第一天我不知道这些。后来我才知道人是有磁场的，你的磁场对我一定颇具吸引力。我就喜欢看你胖嘟嘟婴儿肥的脸，喜欢你毫无顾忌的笑，喜欢你大口大口地吃熊猫，喜欢熊猫掉到你衣服上你笨笨的样子，甚至喜欢看你与老班长他们的逗趣闹腾，喜欢你的调皮、任性，还有啊，我们的个子也那么那么的一样的高。

记忆中我们常常在一起吃，星期六我们睡到下午一两点肚子饿透了才赶紧跑出去。怎么会有那么爱吃辣的女孩子的呢！满头满脸的汗，满眼的泪，鼻子一直在哧溜哧溜地嗅，手边放了一大堆的餐巾纸，还在不停地往面碗里放辣椒……从小到大，我最不喜欢吃的就是面，可我喜欢陪着你到易家桥南面，路边的小面馆儿里吃面，左侧那家小面馆我们去过很多次吧，你吃得那么那么的香，看你吃就是一种享受呢！那是一对中年姐妹开的店，她们都认得我们了哈！有时好像还特意多下点面哦！

我们几个人好像还经常去吃麻辣烫的吧！面里可以不放辣椒，麻辣烫里总是有辣的，也就是从那时候起，从不吃辣的我开始一点一点地吃辣了，原来放点儿辣椒可以更香呢，开胃！我们还会经常左手托了一个小塑料袋，里面放着一到二两的卤菜，好像都是素的哦，街边上，我们边走边吃，用嘴直接叼着，偶尔伸出右手到别人袋子里拎一点儿，你后来有再吃过那样香的卤菜吗？

爬到大门上端面你还记得吗？下了晚自习，但不记得是饿了还是馋了，校门口不让出去。我们便跑到校园内新建的电影院的门口，拼命地拍门，可怜巴巴地向路人求援，哎呀，那时就真的有人从马路对面把面端过来呢！呼噜呼噜地把面吃了，又爬上去，把面碗递还……

周末我常常回老家，总会带点吃的过来，你爱吃的鱼皮，三下两下就把那么多鱼皮吃光光。无论多肥的肉啊，都会被大家吃光光。这样的记忆如数家珍哦，难怪我们长得牛高马大哈！

有时候我会跟你从学校走到狼山脚下，我们一边走一边玩，现在想想那么那么远的路，可在那时的我们眼中算什么呢！你是爸妈眼中的宝，跟着你，我好像吃了许多好东西哦！

第一年的那个圣诞节，圣诞老人给我们送来了铺天盖地的雪，我们在雪地里跑啊玩啊疯啊！我们身上能湿的地方都湿了，我记得我所有的鞋都湿了，可我们的笑声那么清脆，直和着雪花在空中飘。

还记得那样的夜晚吗？月色朦胧，深夜了吧！我们一群人穿着洁白的纱裙跑到篮球场上，我们甩动长长的水袖，自以为美丽轻盈地舞蹈着，把自己当做了精灵，当做了仙子。说实话，倘若真有一个人撞到，半夜三更的，不会被吓晕也会被吓尿的吧！

我们一起做过好多好多的事，开始是两个人，然后是三个，有时还四个五个，最让我头疼的事莫过于周末过来，留下来的你们四个居然分成了两派，互相数落着对方，让我评理，而我似乎又总是做着和事佬，现在想想也只留下哂然一笑了，真是一群孩子啊！

然后你和静越来越近，因为你们有那么那么多相同的爱好，我在旁边的时候常常是安静地听，傻傻地笑。我甚至没有想过要吃醋哦，因为你开心我就开心啊！也许我的确是很宠你的吧！

那时候觉得 5 年好长啊！现在回过头来是不是觉得很短呢？然后呢？毕业，各奔东西，结婚生孩子……偶尔的几次会面，我一直都觉得你没变，真好呢！事情好像越来越多了，我也好像越来越懒了，偶尔的相约我都没去。后来只能偶尔听到你的消息，知道你越来越有出息，越来越好。当然是必须的呀，因为你本来就是最好的，你也配拥有最好。一晃又是经年，今天一定会见到你吧！我不是很激动，我就这样淡淡地回忆着，因为在我心里，你从不曾离开过，永远都是最初的可爱模样。

来，听听这首歌吧！

……

如果再见不能红着眼／是否还能红着脸／就像那年匆促／刻下永远一起／那样美丽的谣言／如果过去还值得眷恋／别太快冰释前嫌／谁甘心就这样／彼此无挂也无牵／我们要互相亏欠／要不然凭何怀缅／匆匆那年／我们见过太少世面／只爱看同一张脸／那么莫名其妙／那么讨人欢喜

……

# 小张儿

突然很想写写医务室的小张儿。

初见她时她还是个孩子，跟在老校医申医师的后面检查眼保健操，白白净净的，手里捧着一本记录本，很羞怯的样子。申医师主动介绍说，自己要退休了，小张儿是来接他的班的，以后有什么事就找小张儿。小张儿便恬静地笑，嘴角有两个小梨涡。

除了检查卫生，查眼保健操，每学期期末的时候测一下视力和肺活量量身高体重等，我们从来都以为医务室就是孩子小磕小碰的时候帮他们涂涂紫药水红药水。这样的概念似乎持续了很多年。

跟小张儿接触不多，但一直觉得她很文气，脾气非常好的一个孩子，笑容似乎一直挂在脸上。某一天听说学校的一位年轻男老师在追她，我们都觉得挺好的。然后他们就结婚了，一直真的挺好的，生了一个极像小张儿的小男孩儿，一天天长大，长成了小学生了。可小张儿依旧是初见时的样子，温柔白净，脾气好，爱笑，整个儿一个小姑娘模样，似乎从不曾改变。

后来一年一年的，孩子们似乎越来越调皮，捣蛋鬼也似乎越来越多，跟小张儿接触的次数就多了起来。自己有点小感冒小嗓子痛的也顺便找她，她总是好脾气地细心地或解答或帮助，一次一次的，从不曾见她厌烦，找她的次数便也多了起来，偶尔也会拿点应急药，比如润喉片。医务室无贵药，却发现一颠扑不破之真理：越是这便宜不上眼的，药效越是明显。

一天中午小眯，醒来时头痛得很，半天下来感觉加剧。晚上便食用两粒感康，效果明显，觉也安稳，头亦不痛，除了双眸不想睁开。

早晨行至医务室东侧，透过玻璃窗看里面人影憧憧，忽来兴致，便也绕了进去。一来称称，感觉自己肉肉似乎多了，二来寻一盒感冒药。还有就是喜欢看医师小张儿可爱的小脸和软糯糯的声音，百看不厌，百听不烦。

过了秤，真多了两斤。秋冬季节，最是可以放开怀地吃，衣服捂得严实，就怕不长膘膘，粮食浪费了去。哈，没浪费！

待得陈述感康一事时，小张儿却一脸严肃加苦口婆心：感冒尽量不要吃药啦，人体自身抗体啦，吃两粒太多啦，有无异常反应啦……

当我很认真地告知几乎每个夜晚都失眠，独昨晚睡眠颇佳且毫无异感之时，小张儿越发严肃："等你发现异常时，已经迟了。"并犹豫着递我还是收回手中的快克，纠结着："像你这种样子家里不能备感冒药，会有依赖。"

我一把夺过："不感冒我不吃，又没异常反应！"

小张儿一脸苦忧："是药三分毒，会伤及肝和肾……"

我一愣："那咋办？"

"喝水，大量喝水！排毒！"

看小张儿眉头纠结的样子，感觉特可爱。

与小张儿接触得多了，看到她的表情便也丰富了起来。

一天上午，班上一孩子多跑了几趟，班主任便让孩子趴在位置上歇。我进去的时候看那孩子脸色苍白嘴唇发紫，便急急打电话告知小张儿，小张儿接了我的电话，立马从后楼赶到前楼，一口气跑到我们前楼四楼教室，一边喘着粗气让通知家长来接孩子，一边采取一些相应的紧急措施。我看到细密的汗从她的额上涌出，脸因为着急而变得绯红，关切之情溢于言表。

昨天，电话咨询她咳嗽应该吃什么药，她便问有痰无痰，急急做了一番指导。听出她有点着急的样子，估计她有事便不曾多问。晚上七八点了，小张儿竟然打来电话，一叠连声打招呼，因为孩子出水痘儿陪孩子在医院，详细指导配什么什么药，让我羞愧万分又激动莫名。

白驹过隙，在不经意回首的明眸里，一层一层的日子会覆压又会掀起，一页一页翻过，像小张儿这样的温良美好，我愿意她们在我的文字里留影，存于心海一角，让我感知，我每天触及的，是怎样的美好。

# ❄ 雾散见日

早晨六点，窗外一片迷蒙。起雾了！推开北窗的时候，河对岸的高楼若隐若现，如海市蜃楼，平添了几多神秘，似是手一触碰，便会羽化而去。

河上更是仙境一般，迷迷蒙蒙，如云似絮，借自然的巧手小心地剪裁，织就一层薄薄的轻纱，拉升延展，化作一幅硕大的写意画，遮住了天，铺满了地。

出门，想把自己揉进雾里，又能跳脱，便选了一条明黄的丝薄纱巾轻裹，感觉整个人都明艳飘逸了起来。

喜欢把自己温婉成一个雅致的女子，一头长发，一袭长衣，飘在雾中，任岁月沉香，执一卷美好的念想，走在俗世的烟火人间，独自妖娆。

小区里，雾茫茫着，似乳汁样，浓稠而又柔软，剪不断，理还乱，密密的，也扯不散。分明在眼前，伸出手去，又什么都没有握住。轻轻抬足，想自己御雾凌云行；缓缓举手，想自己瑶池宴上飞天舞……徜徉在雾的幻境中，真是奇妙！

车行远郊公路上，雾更浓了，真个儿是雾失楼台，月迷津渡，桃源望断无寻处。

一切都神秘着，缥缈着，缓缓而行，破空而来，钻雾而去，似到魔幻之地，蓬莱仙境！

公路两侧的行道树繁茂成林，有风吹来，风追逐着雾，雾抵御着风，雾又阻挠着雾，移动，凝滞，前行，聚合，分明似云海涌动，又似素绢轻摇轻晃。怅惘间忍不住环顾四望，蓦然惊见红色已然褪去，天际四野尽是青灰的连绵起伏的远山，重峦叠嶂，含黛如画。悄然伫立，脉脉含情。无语寂然，浓烈而深沉。

行至城区，车辆行人渐次多了起来，似乎给安静的住宅和一切不动景壮了胆，借着人们的呼吸，一个个努力想挣脱浓雾的枷锁。浓雾也不甘心啊，拉锯战中，雾时浓时淡，时紧时散……终于累了倦了，慢慢散逸，似有还无。

不知不觉，便到了单位，眼前的一切似乎仍在迷迷蒙蒙中尚未清醒。胸前的薄纱倒是越发的鲜亮。

上得楼来，放包的时候，心便开始涟漪轻漾：

昨日，有友远远挥手，见她手中拎有杯子一只，里面装的应是豆浆。便问：“没吃早饭么？”友轻笑轻语：“带给你的。”

昨日之昨日，大伙儿说起养生之道，我便说起豆浆的好处，友大表赞同，道：“天冷了，可以磨豆浆了。”我叹息：“豆浆机坏了，要重买。”

昨日便喝到友的豆浆，一任清香与感动在唇齿舌间心田弥漫，并未言片字只语。临走之时，友嫣然展颜：“以后我磨豆浆，便有你一杯，我不磨，便没办法。”一笑置之，没有放在心上。

眼前的玻璃杯如此美好，晶莹似玉，温热从掌心传至全身，心旌摇曳，猎猎作响。红尘俗世，掖着一颗孤高的心，不寡和，也不入世。入得眼的并不多，友便是其中之一。温柔娴雅的一个女子，说话轻轻巧巧，才华横溢含而不露。

有时也很困惑，友友虽不多，却个个铁杆儿，三年两载不联络，见面了也仿若从不曾分开过。且对我的好，常让我觉得莫名，甚觉错了。错对了一个人的好，那人，便是我。

想不明白便什么也不想，全身心贯注在眼前的豆浆上。拎起杯，一口一口，缓缓渗入。我感觉到有芽在唇齿间复活拔节，我听到有花在心底里悄然绽放，慢慢地慢慢地到达我的全身经脉，清香甘爽。我醉了……

红尘阡陌，或荒凉或葱郁，终究在山清水秀的地方，有人奏着一曲清响，铺就一床温软，让我倚着文字，放心情在字间流淌。

不知何时，秋阳东升，又一番温暖与灿烂！

# 老医生

强行扼制住想要伸出的手，这样对自己说：手机在睡觉呢，别搅了它的清梦。其实真的真的只是不好意思，不好意思。

从来没想过老医生有这样可爱的一面，可爱得让我只想拿出手机，点开相机，按下快门。勉强的修养加矜持，让我生生地掐灭脑中冲动的火苗，用宁静优雅的姿态，安然坐着，看着，嘴角无法不含笑。

老医生是姐租住的房二楼的，我看见他次数不多，但印象深刻。

我知道这样说一个老人很不道德：他实在太瘦了，瘦得就像一块棺材板，最为糟糕的是，我第一次看他，就闻到一种叫做死亡的气息。他的脸很白，惨白的那种，露出外面能看到的地方都是皮包骨头，你甚至无法看到老人脸上该有的褶皱。一双灰蒙蒙无神的眼睛，眼白又似乎过于多，能想到的词儿就是阴森，慢慢转过躯体慢慢看你，眼白在移动眼珠在转动，却透不出一丝光来，看你的眼神又鹰隼一样，盯着，无端端就脊背发凉，毛骨悚然起来。他左臂弯儿里圈着两条狗，小得几乎可以忽略，毛色灰暗且无光，要不是那两条狗恶狠狠地发出叫声，我真的以为自己走进了《盗墓笔记》。

我曾经在楼梯上相遇时试着对他微笑，可他面无表情，擦肩而过，留下阵阵阴风，我便风一般逃了下去。

我一向颇有老人缘，从来不曾有过这样怪异的感觉。跟姐说起过这位老人，姐也表现出对他的惊诧，不过姐用非常崇拜的语气告诉我，老人是一位动物医生，来找他帮小狗看病的人很多。

一切自有定数，我的狗狗土豆儿又拉又吐，我只好来找他了。

他拉开门的时候，我心里很紧张，我对自己说，他是一位小狗医生，他很专业，土豆生病了……

他用让我感觉不耐烦的语气和我说话，询问小狗的病情，他让我讲普通话，让我不要慌，慢慢说。我结结巴巴地说完，他便不慌不忙地说："要打针，一针止疼的一针消炎的。"便开始取针配药水，他似乎在对我说又像在自言自语："又吐又泻肯定肚子就会疼了，肚子疼不舒服就会又吐又泻了，既然又吐又泻肯定就要是有炎症了，那肯定除了止疼还要消炎啦！"我转过头去紧张地问："打针的话它会不会咬人啊！"他用嗔的语气说："这个不用你操心。"

我本就是个最怕打针的人，自己怕打针，也见不得别人打针，可我不敢把这种想法露出来，依照吩咐顺顺当当地给土豆儿打了针，我的心里已经涌起了无限的感激，充满崇拜地听他给我做指导："你不要以为打了针就会好啦，打了针只是帮它先看一下，止住它现在的情况。如果厉害的话它还会要打针，如果打针不行的话它还要挂水。这是狗狗的身体情况，与我的水平没有关系。"他认真地说我便也认真地点头。我走时又有个狗和人来了。

土豆没好，我今天便又去了他那里，我没有像以前那样提心吊胆。轻轻地敲开门，另外，有人和狗在……

今天土豆打针一点都不乖，药水都弄到我身上了。我把钱放到柜子上的时候，看到老医生在配药。我问："这是帮我土豆配的吗？"他波澜不惊，说：“是的。”“那我的钱不够吧？”我有点羞涩。他仍然面无表情，说：“够了。”

老医生便开始教我喂药，他取来一把调羹。开始比划，弄多少怎么弄。我便傻傻问他：“它不肯喝怎么办？”他徐徐道来：“有些呆呆的狗你把药放在水里，会自己喝。”我看着土豆心想：它不呆。老医生也看着土豆儿，于是就出现了我想拿出手机想拍下的画面。

我知道我的语言拙劣，我知道那画面不可能在我的笔下尽情流淌。所以那时我那么那么地想拿起手机，那么那么地想拍下。

我记得小时候当我吃中药不肯吃的时候，被大人捏着鼻子灌。这话我还没有说出来，老医生便说：“你不要以为抓住它的嘴巴灌哦。”他拿起调羹，比划着。

“不要一下子弄满，这么多，不要试着一下子倒进去。”然后他拎起自己的嘴角，“喏，像这样，只要拎起嘴角的一点点皮，把调羹斜过来。就这样轻轻一倒，你放心药不会流出去，狗就会用舌头这样一舔，慢慢地舔啊，舔啊，舔啊，就进它嘴里了。”他边说边演示，拎起自己的嘴角，把调羹凑过去。把舌头斜伸出来，做出舔的样子。

然后他又拿起调羹做出舀的样子，凑到嘴边，他说：“喏，还是只要一点儿，还是这样，拎起它的嘴角的一点皮，把调羹凑过去，轻轻一倒，它就会这样伸出舌头又舔啊，舔啊，舔啊！”他还是边做边演示。

当他第三次这样做的时候我就开始想笑了。而且他还在说：“狗狗已经舔了两下了，这一次对它来说就不难了，它可能就想就这么回事，很快就又伸出舌头就舔进去了。”这一次他伸出舌头在嘴角溜了一下就滑进去抿紧了嘴。

第 4 次我就想拿出照相机了。但面对老医生很认真的样子，我把手伸进袋子里又拿了出来。

呵，老医生，萌萌哒！

# ❄姐 姐

姐姐打来电话，约母亲这个周末去挑野菜。母亲住在这里的这段时间，真是惬意美好得不得了。我家的两条狗狗被她伺候得简直得道升天了，更不用说我的轻松了，家里的事情完全可以撒开手不管，好像身上几十年失了影踪的肉肉一下子就暴涨了起来。我刚才送豆子上学去的时候，母亲就在隔河的对岸牵着狗狗，她遥遥地盯着我们，看我们的车渐行渐远。

我生命里非常重要的两个女人一个是母亲一个是姐姐，我一直就想写写她们，可我越是想写越无从下笔，总觉得所有的词语都无法描述她们在我心中的感觉。与她们一起的日子那么的丰腴，词语怎可窥得一二？可我非常想写，因为我是如此的爱她们。

我总觉得自己写过姐姐的，而且当时每读一遍，都感动得不能自已。我翻遍了所有的日志和说说，一次又一次，还是没有找到一丝踪迹。我非常失望，觉得自己找不到那时的感觉了。

就现在，我突然停下车来，沉睡的记忆开始泛滥。是的，我的确写过，那应该是 20 多年前，我还在上学的期间，姐姐结婚的当天，我号啕大哭，感觉就此失去了她，回来后便记录下她和我一起走过的点点滴滴。我是用手和钢笔把它记录在一本纸质文本上的。本子肯定杳杳无痕了，记忆也无法完全唤醒。我的姐姐是什么样子的呢？现世肯定已经找不到那时的感觉了，那就用我 40 多岁的眼光来看看我的姐姐吧！

几天前，27 年没有联系的同学跟我说起过去的时候，说我姐姐那时对我真好，就像妈妈一样，她极羡慕。真后悔当时没有追问为什么会有这样的感觉，现在再去询问，怕是唐突了。我不知道她是什么时候开始认识我姐姐的，但那时候的姐姐应该是在上高中。那时候我几乎每个星期都会骑一辆又笨又大的二八型自行车到姐的学校送吃的给姐姐，我那时候应该是瘦小的，骑那辆破车很吃力，我每次都会把那段路分成六份，骑了 1/6，骑了 1/3，骑了 2/3 了，还剩 1/3 了，还剩 1/6 了……瞧，我就这样把那段颠簸不平的、漫长的泥路一点一点给攻城略地，越是到最后，成就感越是膨胀，也就把累的感觉给慢慢压下去了。

姐姐是在磨头上的高中，那段记忆实在是鲜明得不得了。那是一个盛夏，骄阳火一样炙烤着大地，只有秧田里的水还有一丝凉爽。全村人都在秧田里，然后田埂上突然出现一位高瘦清癯的老人，他把田里插秧起秧苗的所有人的目光都牵引过去了，男的女的老的少的全部停下手中的活计扭着脖子斜着脑袋盯他。他大声喊着姐姐的名字，快乐随着他大声的叫喊滑向了每一个人的耳窿里："你考取高中了！你考取高中了！"那年姐姐是乡里唯一一个考取高中的女孩子，七个人中的一个。我看到了许多复杂的目光，兴奋激动，羡慕嫉妒，都有。

那时候家里很穷。听母亲说，当时姐姐上学的钱都是借的。我和姐应该都是不知道的，因为我去了姐姐那儿之后，姐姐每次都会带着我和同学一起到磨头镇上去，也许便是从那时候开始的，我喜欢上了吃油饼，因为每次姐姐都会帮我买一个大油饼，好香好香的油饼啊！也许还有其他吃的，可我都忘记了，油饼的印象格外鲜明，金黄金黄的，六分钱一个。去了姐姐那里之后我都不会急着走，姐姐和同学们做任何事情的时候都带着我，所以她的同学几乎也都认得我，倘若偶尔现在有同学遇到，都会说：你妹妹那时候每个星期都送吃的给你呢！

姐姐那时候并没有能够考上大学，她的身体不好考运也不好，差不多是高二的时候吧，她的腿突然很疼很疼，当时在老百姓眼里最具权威的人民医院的主任医生明确回绝——骨癌，似乎准备让姐姐就这样慢慢地被疼痛折磨着死掉，我很害怕地站在床边看着她疼得在床上边滚边叫，看着疼痛把她折磨得不成人样，我真的好害怕呀！医院长长的走廊像一个黑洞，好像永远没有尽头，随时会把姐姐吞进去。她的同学都在窗外偷偷地哭，我害怕得连哭都不敢了。是她的同学把我送回家的，回来的公交车上，她们的意思似乎是告诉我姐姐不行了，叫我要好好学习代替姐姐孝敬父母。可我傻傻地看着她们，我觉得她们说的都是外星话，我听不懂。但我知道，她们在瞎说！

后来想尽了各种办法，姐姐的腿果然好了，是一个民间祖传的药方救了她，50 块钱 8 帖药就把姐姐给救回来了。所以我现在不敢轻视任何一个人，特别相信高手在民间，特别相信藏龙卧虎，特别相信人外有人天外有天。那时候我几乎是天天陪着姐姐的，陪她去老祖传那儿，看着她用野梨树的长刺挑泡泡里的黄水，我记得母亲让我挑可我不敢，后来都是姐姐自己弄的。姐姐没有复读的理由也很简单，因为家里穷，因为妹妹和弟弟比她聪明，她觉得母亲应该把钱留下来让我们去上学。她便和她的好朋友一起出外打工了。

姐姐和好朋友她们做伴去了几个地方，从丁埝到外地，哪里打工钱挣得多她们就会去哪里。记得有一年我随着舅舅去无锡看姐姐，搭乘的一辆大卡车在路上抛锚了，我在太阳下整整被烘烤了 4 个小时，一到姐姐那里，她就忙着把黄瓜切成薄片儿贴到我的脸上，专注心疼的样子我至今都记得。无论去到哪里，无论挣了多少钱，我每次回去的时候，她都会有钱塞向我的口袋，尤其是在我出外求学的那五年。倘若她买衣服也一定是买两件，而且会让我先选。现在有时候会笑姐姐穷大方，她一直贤惠，她的大方几乎都是给亲戚朋友家人的，所以大家都非常喜欢她。对自己，她其实挺小气的。

姐姐长得很漂亮，每一个看到她的人都会心生喜欢之心，她笑起来很恬静，温文尔雅的样子，嘴角有两个深深的小梨涡，似乎能把你醉到里面化不开了。在我青春叛逆的时候，母亲曾跟我年轻的班主任说：两个女孩子，都是我生的，一个听话得不得了，一个一点儿都不听话。哈哈！老师至今还记得，上次就是他这样告诉我的。呜呜——

其实有一段时间，我是很讨厌姐姐的，主要是我上小学的时候。家里穷，所以新衣服总是给姐姐穿，我都是穿姐姐剩下来的，甚至是母亲剩下来的衣服。我心里是极嫉妒姐姐的，觉得母亲偏心。想来当时当地，倘若我是母亲，我也会这样做的，莫非让小的穿剩下来的衣服给大的穿吗？可我那时候不懂，连姐姐一起讨厌。姐姐一定察觉到了我的敌意，她曾经让母亲给我做新衣服，母亲怎么说的我不记得，可我分明记得姐那看我时很愧疚的眼神。还有让我不满的就是曾经教过她的一个老师后来教了我，她总要我向姐姐学习学习，几乎天天说，我便也连姐姐一起讨厌了。所以我现在很不喜欢有的家长拿自己的孩子去跟别的孩子比，还总说自己的孩子不如人家的孩子，那是极伤自尊心的事情。孩子不会因此变得更努力，反而会消极排斥。

我后来有事情不敢跟母亲说，都是跟姐姐讲。因为母亲脾气暴躁，而姐姐总是那么温柔。姐姐好多事情似乎也从不想瞒着我，包括喜欢过她的男孩子和她喜欢过的男孩子。高中时一位男同学非常喜欢姐姐，姐姐去打工的时候，他考上了大学，他给姐姐写了好多好多信，姐姐开始一直不肯回，我心下都有不忍，后来姐姐措辞很委婉地拒绝。我以为姐姐不喜欢他，然后有一次我侧着身子瞪大眼睛听姐姐平静地说：“人家考取了自己没有考取，距离会越拉越大。”我不依不饶地说：“可他喜欢你啊！”姐姐说：“他将来会遇到合适的女孩子的。”那个男孩子大一的暑假，还拉着他的姐姐一起到我家，借口是帮我家插秧。姐姐从小是个乖乖女，怕母亲责怪，姐姐跟母亲说那男孩的姐姐是自己的同学。再后来姐姐初中时有两个同学，一男一女，女生初中学历，嫁给上了大学的男生，他们一直过得很好。我不知道姐姐会做何想，我从来不曾试着再问过她。曾经以为姐姐脾气好得什么都会听母亲的，当她爱上姐夫的时候，无论母亲怎么反对，却义无反顾。原来她和我一样，骨子里都有着像母亲一样的倔强！所以那个她远嫁他乡的日子，我和母亲拼命地哭，邻居也哭，我追着她坐的车跑了很远，感觉好像失去她了，她不要我了。我不知道向谁倾诉那份糟透了的感觉，所以回来之后我写了一篇很长很长的文章。那种感觉太过残酷，我在回忆的时候本能地泪流满面。

母亲说我谁都可以忘记就不能忘记姐姐，姐姐比我大 5 岁，母亲那时候忙着挣工分，我是姐姐带大的。我总是不肯在地上走，姐姐抱不动我就背，所以姐姐上弓腰，母亲说那是因为背我的，我不知道是不是真的这样，但能记忆起，没有感觉到谁能超过姐姐对我的好。最关键的是，没有条件，无怨无悔，有始有终。

回忆过去，也许几天几夜都说不完。心心念念间，能看到的便是现在，姐姐有好吃的还会留给我，一如从前。

# 母　亲

母亲打来电话的时候，我是闭着眼睛接的。当她说身体不舒服要来过几天的时候，我一激灵从床上跳了起来。我快速地套上了家居服，脸没洗牙没刷就赶紧找钥匙。我一点儿都没有夸张，这个讯息对我来说实在是太意外了。

多少年了？6年？7年？这是这么多年来母亲第一次主动电话说要我接她，要来过几天。我的激动几乎是无法言表的。父亲过世后的前3年，母亲一门不出二门不迈，只在自家屋前屋后转悠。一来她说怕父亲万一回来找她找不到，二来她每天要给父亲端饭怕他饿着。这样的理由似乎很充分，所以我们开始还想让她出来散散心，后来便都作罢。

3年过后，她还是不肯出来，无论我和姐姐怎么劝说。至于为什么，好像我们一直都没能够弄明白。问得多了她就恼："你这伢儿哉，家里这么忙我哪里走得开？"虽然母亲一生勤劳，家里烧饭做菜刷锅洗衣田里地里都少不了她，但哪里会时时忙，忙得都走不开呢！连逢年过节都不肯过来。后来习惯了我们也就不再说，反倒是弟弟和弟媳妇劝她："到姑娘家去走走，不然人家还以为你家姑娘不孝顺，不要你去呢！”她嗓门儿一亮，掷地有声：“谁不知道我家姑娘孝顺？”

说这六七年间，她一次都没来，肯定是假的。来过两次。每一次都是不得不来——生病。小病小痛还好，严重了，感觉非常糟糕了，她是一定会来找我的。父亲在世的时候，哪怕是小病小痛，她也会来找我，成了一种习惯。然后呢？就是在去年。我要出去一个星期，豆子没人带，她勉为其难地过来了。豆子很小很小的时候是她帮忙带的，一直到豆子20个月上托儿所，那段时间应该是我人生最幸福最轻松的时光，母亲一边带孩子一边还能把家里收拾得干干净净，烧饭煮菜全部她一手包办。所以出外一个星期思来想去只能找她。大感欣慰的是她真的来了。反而在我回来一周后回家的半途折返了回来，她舍不得，走的时候弄得我也泪眼汪汪，还没来得及擦干，她又打来电话告知我她正在返回来的路上，再住几天。

其实我的性格真的挺像母亲，倔强到近乎固执，偏偏有时候又柔得似水，心软时还会一塌糊涂。母亲说是不舒服，声音里听应该没有那么厉害，我还是风驰电掣出发了。

窗外的风很大，在土豆（大狗狗）的强烈要求下，我还是打开了窗，土豆把头伸出窗外像猎豹一样雄赳赳气昂昂，风捋了它的长毛，它一点儿都不以为忤。思思（小狗狗）凑过去的时候却被风呛了，赶紧跳到了我的身上。土豆也没有得意多久，窗外虽有空气的清新和芬芳，到底还是春寒料峭，连打两个喷嚏，也跳到了我的身上。

于是一只巡逻一样跑来跑去，一只乖乖地趴在了我的身上，一人两狗在明媚的春光中渐行渐远。

母亲早就等在了路边，说是最近老是吃肉，没有胃口，在家里又闲着没事便想来了。意外的是，她一会儿告诉我忘了这个一会儿告诉我忘了那个，于是我载着她走了一个又一个地方。真好，她没有晕车。

回来的路上，忍不住拧开音乐，任它在车厢里水般流淌。狗狗快活地在母亲身边追逐嬉戏，最后都被她赶到了我的身旁。母亲在车上是极少说话的，总说车上有汽油味儿，我不知道其他晕车的人会怎么样，母亲晕车厉害的话，三天都不能吃饭。我时不时地问问她，状况极好。

心慢慢地舒缓，母亲在车上的时候，我从不追求快只追求平稳。一只手扶着方向盘，一只手悠闲地逗弄着思思，捏它肉肉的厚厚的脚掌垫，它让，我捏，它让，我捏，它让，我再捏……这个游戏我赢了，它乖乖地把腿弯了起来以做避让，最后干脆躺到副驾驶位置上，慵懒地伸直了双腿，如婴儿般放松，在春天明媚的阳光下进入了梦乡。

阳光清亮亮的，水般流泻。光秃秃的枝条一改冬日的有气无力，在阳光中努力地伸展挺拔昂扬。车在斑驳的树影间穿行，有如梦幻。车窗内暖融融的，我拼命地吮吸着阳光的清香。土豆一刻都不肯安宁，又哼唧哼唧地让我开窗，终于在又打了两个喷嚏之后，乖乖地趴到了我的腿上。

天很低，似乎我的心轻轻一跃就能蹦上去。远处的天空是插向大地的，所以有了土地的灰色。近前的天空很蓝，蓝得近乎透明。云朵可着劲儿地白，圣洁纯净轻柔美轮美奂，没有哪一种语言能描绘出它的风姿。随着春天的风在慢慢地移动，似乎情侣间的慢三慢四，不需要管节奏，只需要彼此轻轻相拥着，随着音乐摇摆，这般的曼妙。

母亲很安静，我感觉着她的存在，心格外安宁。想起母亲节那晚打电话给母亲，没有回音时的紧张与彷徨：

有你，便是温暖 / 有你，便是天堂 / 有你的地方，心才可以安放 / 亲爱的母亲 / 在这个秋雨簌簌的夜里 / 你在干吗呢 / 打了三个电话 / 听筒里一直拉着长音 / 不曾听到熟悉的聒噪 / 于是 / 突然心惊了，突然害怕了 / 母亲，你知道吗 / 有你的地方才可以叫家乡 / 有你的地方心才会为之神往 / 有你的地方才可以驻足才叫港湾 / 母亲 / 雨还在一直下，下得很大 / 你睡了吗 / 梦乡里不要听到我的呼唤 / 静谧安详 / 便是我最好的企盼……

我忍不住转过头来看向母亲，她在微笑，阳光落了她一脸，美好安详！真好！

# 尘封的记忆

——怀念我的父亲

友电话告知，母亲离世。哑了半天，不知如何劝慰，终于憋出一句:“不要多想。老人家往生极乐，是解脱。你应该为她高兴。”友“嗯”了一声，我再无他话。

心下却开始戚戚焉，老人终熬不过年关，丢下一帮子亲人经历再不相见的痛。而母亲，在我眼里，是一个家的根。父亲，则是一个家的灵魂。

我不知有无今生来世，打从我的父亲离世，奶奶，儿子的老爹和太太等亲人相继离世，我一个星期有跑两趟殡仪馆，死亡便变得触手可及，清晰如刀般一次次在心底留下划痕。渐渐以为倘若能活着就是一件最幸福的事情，一定要好好儿地活着，活着才有希望。父亲63岁那年离世，对农村人来说，几乎正值壮年。父亲是极不情愿极不舍的，只是岂能由了他，由了你和我。

时常会想起父亲，父亲过世后三年内，闭眼睁眼的时时刻刻，除非睡着，否则他总会在脑海不期然搁浅萦绕。开始一直以为他只是去到了一个地方，那个地方我不知道亦无法触摸或找寻。骨灰盒盛放的骨灰只是留给我们的一个念想，是承载不下他曾经高大伟岸的身躯的，他要求建筑并安放骨灰的墓穴必定是他常来去出入的地方。死于我当时的理解只是换了一个地方，换了一个我不知道是什么地方的地方，就像藏猫猫，只是他再也不想让我们找到。所以挖心割肉的疼痛之后，常常不自禁地思念，不自禁地祝福，还有不自禁的泪流满面。

父亲走后，姐姐和弟弟总会梦到他，而我和母亲，几乎不曾能够让他入得梦来。母亲开始还总能听到父亲房前屋后厅堂床头呼唤她，便认真地一遍又一遍地找来找去，甚至害怕自己正在忙活父亲找她不到，所以常常放下手中正在干的活儿快速地跑向父亲曾睡的床边，失望和痛苦一直纠缠着她，乃至她常常痛哭失声。终于有一天，母亲很认真地跟我说："你父亲太狠心了，他一次都没有来找我。"再后来某一天她又突然对我说："你父亲他不见了，不然他不会不来找我。"当母亲终于在某天能够不再不受控制地撕心裂肺大哭的时候，她亲口对我说："是幻觉，心上事，你父亲真的不在了。"

母亲天天给父亲端饭，三年一次都没有肯拉下。三年脱孝的时候，我听到母亲在坟头喃喃："以后不给你端饭了呀，你要靠自己了。"我非常讶异，问母亲为何再不给父亲端饭，母亲便说："端了他也吃不到了。才到那边，怕他吃不到东西受欺侮。三年了，他必须自己挣饭吃，才能去投胎。"我心下大骇："投胎？父亲岂不再不认得我们，自己挣饭吃？他会不会饿着伤着？"母亲叹息："就算再端饭，他也吃不到了。"哦，父亲！

我跟母亲说起，我从未梦到过父亲。母亲竟然平静说道："人死了就没有了。不然你父亲会托梦给我。"是吗？父亲？真的是这样吗？你怎忍心？我委屈地放声大哭，直恨母亲的残忍，我宁愿信父亲是在远远的地方望我，我宁愿孤独无望的时候他盯着我说："好好儿的，一切都会过去。”

一晃父亲离世已有 7 年，想他时望天轻问：“父亲，你在哪里？你看得见我吗？”苍天青灰，无语凝噎。

父亲被诊断为食道癌的时候，已是中晚期，20 厘米的喉管 13 厘米里外癌化，我们的震惊与伤痛无以言表，还要强颜欢笑地告诉他没事。我不知父亲到底怎么想的，许或食道癌于他也是个天方夜谭的信息，虽然必须动手术前我们责怪母亲怎么可以实话告诉他，但父亲强烈的求生欲让他坚信自己会好起来。

手术结束的时候，请来主刀的专家一脸凝重，他很是沮丧地说：“早知道腹部已有淋巴转移，我是不会动手术的。”因为开刀之前医生说，倘若 5 年没事，说明手术成功。看来情况糟透了，从当地的医生口中得知，多则三个月，说不定活不过一个月。

父亲是不知道的，手术时还帮他输了不少新鲜血液，他的头发几乎在一周内变得又密又黑，父亲心情大好。母亲的悉心照料，加之父亲坚信自己的问题不大，会好起来，所以医生问要不要化疗的时候，他很积极，一两个疗程父亲几乎没有不适，我们于悲忧中祈祷意外出现。然而第三个疗程后，父亲再不肯，无论怎样劝都不配合。而且他拼命想吃，什么好吃的都要尝，不给他还偷吃。

一次夜里两点左右，被母亲的电话惊醒，说是父亲要我们赶紧过去，他难受。我们睡意顿无，一跃而起，慌里慌张赶过去。母亲支支吾吾，半天才弄明白，父亲偷吃肥肉，卡在喉咙里，弄不出来，难受得不行。不忍心怪他，于瑟瑟冬夜，我们奔赶了几家医院，都被断然拒绝，要求白天来查，晚上不好动手术。父亲赖在一家医院不走，无论怎么哄劝，表示不夹出来他要死了。我们在那个萧萧冬夜一个个急得满身大汗。面面相觑之后，豆子的父亲想到一个老同学，百般讲明情况之后找来的医生再三强调危险性，我们僵在那里，不敢签字，父亲怒喝一声：

“我签，我的生死与你们无关，我自己负责。”你负责得了吗？父亲。倘若你真有事，让我们这群儿女怎么办？我们一个个竟然脸色煞白，都在发抖。

当然那次父亲脱离了危险，自此却也变得怪异。譬如骨头汤烧好后，父亲端起自己的碗喝了一口汤，夹了一块骨头咬了一下又扔进碗里，然后又一古脑儿全倒进锅里。他坐上桌，所有的菜他都用筷子翻翻，不肯用母亲为他配备的专用的碗和筷子，让姐姐吃他吃剩的菜……母亲生气，说他，父亲很无辜的样子。我们赶紧止住母亲，并让父亲感觉我们不介意，无所谓。父亲才作罢。

父亲开始找母亲的不是，找母亲吵，斜眼看她，母亲常被弄哭。父亲就会吼：“我还没死，哭什么哭？”我们劝慰母亲：“病人气多，不要和他计较。”父亲便用戒备的眼神看我们，害得我们在他面前不敢说话，更不敢背着他和母亲说话。

大约两个月，父亲开刀的伤口渐渐愈合，他那几天常跟我们说他梦到爷爷了，爷爷怪他开刀了。我们只觉得脊梁骨阵阵寒意，我惊恐地想：爷爷来接父亲了。

慢慢地，父亲平静了下来，3 个月一过，几乎所有人紧绷的神经都松懈了下来。父亲手术后共活了 8 个月，他没有像其他食道癌病人那样骨瘦如柴，这自然与母亲的悉心照料分不开。吞咽有点不畅，立即挂营养液。父亲离世时，看起来很安详，像睡着了一样。

最后的一个月，父亲的疼痛母亲最伤。我常后悔不已，父亲越到最后越像个孩子，我回去他才肯挂水或营养液，我常在下班后去陪他，营养液厚，快不了，开始等他挂完，后来取得他的同意，孩子尚小，一人在家，第二瓶换上去的时候我就走。我总是一边帮他敲背捏头一边听他讲故事，听他讲金庸梁羽生的武打小说，而这些书我多有在小时候他藏起来后偷看过。我也讲故事给他听，像对一个小孩子一样，讲残疾人的奋斗与顽强。让他坚信活着就是最好的。所以那时的我自以为是地沾沾自喜，因为父亲从未在我们面前表现出软弱，最疼痛时也只轻轻哼哼，从未大声过，直到有一天。

那次，母亲在电话里崩溃地大哭，泣不成声，说不明白。见我急，把话筒略移开。我立即崩溃，眼泪一下子决堤。电话的那头，我听到一向坚强的父亲疼痛的哀嚎，那是怎样的哀嚎啊？生不如死！是的，生不如死！我当时脑海中只有这样一个词儿。我大哭，除了哭我不知道我还能做什么？我狂叫着怪母亲怎么不早说，母亲说是父亲不让说，这样的疼痛与嚎叫已有一个多月了。从那以后，父亲开始用吗啡。后来吗啡也无法止住父亲的痛，他强烈要求让他死掉。我哭着跟他说："为了我们请活着，让我们至少还有念想，回来还能见到。"那时的自己多么自私与残忍，只想他活着，为了我们，请活着。

熬了 8 个月，父亲的大限终于到了。那个周末，他让母亲通知我们所有人都回去。他很开心地看看这个看看那个，然后不舍地看向母亲，一直跟我们说着母亲脾气不好让我们不要跟她计较。周一医生来挂水的时候他不停地去拔针头，强制性也被挂完了水。父亲最后说的一句话是在周日，我走后不久，昏睡中的父亲醒来，扫了所有的人一眼，问："云侯呢！她怎么没有家来的？"母亲跟他说："伢儿听你的话家来了的呀！你睡着了，没有把你喊醒，她得回去上班呢！"父亲"哦"了一声又开始昏睡。母亲后来时常和我提起，因为这是父亲最后说的话。后来再无他话。父亲的离去是安详的，母亲听到他呼噜声大起，睡得极香，就此一睡再也不曾醒来。

我回去的时候，父亲已被移至堂屋，当时我的感觉，无论怎样，直至现在，我都无法用词语描绘出来。我一滴泪都流不出来，我心里明白：父亲解脱了。虽然想着应该为他高兴，还是埋怨他把我们扔下了，悲哀彻底将我淹没。

一年一年，曾经看着我们长大的人一个个老去，直至消逝，还是忍不住伤，却也慢慢想明白：世事无常，拦也拦不了，揪也揪不住。好好活，慢慢拖，“只要能吃饭，钱就不会断；不怕赚钱少，就怕走得早。”这个世界变化太快，凡事顺应，哪怕生死。一花一世界，一叶一如来，春来花自青，秋至叶飘零，一切遵循自然的规律，逝者往生，生者珍惜，过好每一天。

# 天堂走好，外婆

躺在材（棺木）里的外婆很安详，就像睡着了。

姐姐说：“是灯枯油尽，到时候了。”

我说：“是解脱。”

我冷漠吗？残酷吗？第一次，面对死亡，我没有流泪。真的，死其实也是一种解脱，一种痛苦的终结。我真真切切地这样想。

外婆不是母亲的生母，当初抱养母亲的也不是她。听母亲说，抱养母亲的外婆瘦瘦高高，很漂亮，可惜总怀不上孩子。在抱养母亲压头后，终于怀上了，却死于产时的大血崩。

外婆是大户人家的小姐，会绣花，识字，写得一手漂亮的毛笔字，会很多女红。我亲眼看过她写毛笔字，粗粗的毛笔，写出小小的正楷，很娟秀很漂亮，当时心下佩服得紧。我还看到她帮孙女儿写的作业，孙女的老师异常愤怒地找到舅妈，问是不是舅妈帮孩子做的作业，舅妈异常愤怒地找到母亲，拎着那一本作业本来告外婆的状。别的我都不记得了，但我记得那作业做得很漂亮，尤其是那字，让我很是惊愕，艳羡。甚至想：要是能帮我写就好了。端午节的时候，外婆还会包斧子（粽子的一种，但不是粽子），扁扁的，用纳鞋底的锥子从中间戳一个洞，将包住米后多余的细长芦苇叶从中间穿过……我是极羡慕与佩服的，因为知道不是自己的亲外婆，我当时甚至是仰慕。

外婆迥于她那个年代的女子，还有两点是人们一直津津乐道的：一是短发，有点儿像现在的学生头，不像那些绕着发髻的老太婆，所以我们还叫她蓬头儿婆。一是大脚，她没有三寸金莲，走路很轻快，像风，也跟那些走路不稳、颠啊颠的老太婆截然不同。

外婆是个老姑娘，由于出身不好，她迟迟没能嫁出去。死了老婆（抱养母亲的外婆，母亲当时 13 岁）的外公挑个货郎担儿，凭着一张能说会道的嘴巴，把外婆给领了回来。虽然很穷，但外公给了外婆最完美最幸福的呵护，当个宝一样，这是庄上所有人一直津津乐道的。外婆一辈子没有下过农田，这在农村是极稀罕的，应该是独一无二、绝无仅有。外公在世的时候，外婆几乎没做过什么，连烧饭都不曾。只是外公死了后，外婆才开始烧饭。

可以想象吗，母亲当时过的是怎样的日子！所有的一个劳力女人该干的活儿全落在母亲身上。13 岁挑河挖沟下田于母亲是正常的，还吃不饱，从小拉下了腰疼背疼胃病等很多毛病。母亲刀子嘴豆腐心，外婆最近几年说得最多的就是对不住我母亲，我母亲心好。

记忆中外公特会说特能说，而且一直说个不停，老人年轻人孩子男人女人，拉到谁都有说不完的话，不管你爱不爱听听不听得懂。我就记得自己逢节日去外公家，外公总会拉着我说个不停，我总是眨巴眨巴眼睛在他的追问下傻傻地点头呆呆地以“嗯”做回应。

外婆很少说话，就算说，声音也不高。外公是个好人，他过世的时候人人落泪，去火化时一路留茶（风俗），车几乎无法向前。如果说这一世有从未被别人骂过说过坏话的人肯定这世间就外公一个。外公的死对外婆打击应该极大，但我也不记得外婆如何地伤心，至少我没听到她的大声哭泣。她的媳妇我的舅妈是个粗人，识字不多，她的儿子我的舅舅虽然孝顺却常年不在家，外婆接下来的日子如何过的我不得而知，但我常见到舅妈怒气冲冲地找到我家向母亲告外婆的状，母亲总是呵斥不肯我们靠近，所以我只知道外婆很不好了但如何不好我却不得而知。但我仍不曾见外婆怎么大声过。毕竟我后来一直离家，虽然不远，也只是偶在逢年过节时遇她一次，她给我的感觉永远都是不急不躁的。

后来外婆就开始身体僵硬行动不便，一晃已经多年，最近还有听说舅妈骂得凶。我知道舅妈不是歹毒之人，她一定是累了烦了，俗话说得好：久病无孝子。母亲每天都弄汤水去给外婆，外婆常落泪，总对母亲反复说一句话："抗美，我对不起你呀！"抗美是我母亲的乳名。

我上次回母亲家时，外婆被安置在一辆可以推着走的车上，全身僵硬得厉害，无法动弹，只是还能吃，当然是要人喂……

在平安夜，在这个洋人新年的前夕，外婆走了，静静地走了。她走得好安详，身边没有一个俗世的亲人。我想一定是有着双翅的小天使陪着她上路的。不然，她为何会如此安详？

走时，你是开心的吧，外婆？你一定想到了外公，那个今生与你相守，疼你爱你宠你的男人。他一定在天堂等你，我会在俗世仰视！一路走好，外婆……

# 第四辑

# 不倾城，不倾国

未来被规划得丰满而充盈，日子就这样在忙碌和美好的念想中一天天碾过……

# 不倾城，不倾国

艾玛刚进办公室，绿儿便迎了上来："你还有咖啡吗？"

跟艾玛相比，绿儿应该更堪称吃货，几乎每天变着花样儿地带各种各样的吃的东西到办公室，本地的外地的国内的国外的小特产大品牌……大家常跟着一饱口福。今天这样主动地索要，可还是第一次呢！

艾玛一愣："蜂蜜行吗？"

绿儿笑笑："不行！"转过身，扬声问道，"谁有咖啡？"

大家大眼瞪小眼，然后齐刷刷地望向绿儿，絮儿忍不住问道："你要咖啡干吗？"

绿儿有气无力地说："我现在眼睛都睁不开，想睡。"

终于有人叫道："今天双 11，你昨天不会拍了一个晚上吧！"几双眼睛又齐刷刷地望向绿儿，绿儿淡淡一笑，众人恍然大悟。办公室里立即叽叽喳喳热闹了起来。

夏儿不停地追问："谁会网上购物？谁会网上购物？"

燕儿奇怪地问："你不会吗？我一直以为你很精通电脑，老是在电脑上摸啊摸的。"

夏儿不搭理，继续追问："谁会网上购物？谁会网上购物？"她拍拍正低头盯着手机屏幕的艾玛，追问："你上次不是刚买的手套吗？"

艾玛道："那是絮儿帮我买的，我只在网上买过书，而且人家是货到付款。不要问我，网购我一窍不通。"

一向沉默寡言安安静静的芊儿对夏儿说："你要买什么？我来帮你买。"

夏儿非常惊讶："你会网购？"

艾玛代芊儿回答："人家可经常在网上买东西，挺熟练呢！"

艾玛之所以知道，是因为有一次艾玛在办公室发牢骚："孩子其他都好，穿衣服不讲究，穿鞋非要什么名牌，很贵呢！"芊儿便劝艾玛："现在的孩子用钱多，要名牌很正常，只要鞋就不错了。"

后来当芊儿问知艾玛的孩子爱打篮球爱运动时，便劝艾玛就满足了孩子，运动多，鞋子的确要好。并告知艾玛自己一般都是半价帮孩子在网上买的，或者六八折，很划算。

后来艾玛帮孩子在网上用银行卡付款买了一件阿迪的外套，遗憾的是感觉像赝品，芊儿便告诉艾玛必须在淘宝旗舰店或亚马逊才行。但自此，艾玛再没有在网上买过任何东西。倒是上次絮儿不知怎么也突然热衷上了网购，得知艾玛要帮儿子买双手套，特别热情的她提议艾玛在网上买，并陪艾玛在手机上找了一个中午，订下了两双手套。一双挺好，一双还行。但艾玛还是提不起网上购物的兴趣，尤其当莎儿告诉她说"不知怎么的，网购不好用了，现在好像省了好多钱，否则没觉得2000块钱就不见了。"

办公室里有几个人很会网购，艾玛总看到她们隔三差五就会买来各种各样的东西，艾玛便想：原本节约节约，才上网购物，现在节约节约的，全变成浪费了，买到的真的是必需的吗？艾玛理所当然地为自己找到了落后的理由：我是很缺少自控力的，如果那样的话会花很多钱呢！

艾玛就是这样一个人，有时候控制不了自己，就会运用外力，就像用手机自动设定关机的时间，来提醒自己睡觉。

芊儿慢悠悠地说："我昨天晚上一直等到 12 点，开始一直上不去，我也买了 2000 多元的东西呢！"夏儿便凑了上去。

小钰在那里大叫："谁要买裤子谁要买裤子，这里原价 280 元的裤子现在第 2 条半价，我在专卖店看过这种裤子，专卖店要卖四五百元一条呢！"莎儿凑过去问："什么样儿的？"

"里面带绒的外面也不是那种完全布的，有点滑很细紧，铅笔裤，质量没得话说，我以前在专卖店看过。"小钰又突然叫起来，"买三送一呢？我们要凑足 4 个人。"

很快夏儿算其中之一，小钰在拉第 4 个人。她问艾玛，艾玛笑笑说："我到冬天都不怎么穿裤子的，我都穿这种带拉绒的打底裤，袜裤。"芊儿也声明道："我冬天也是穿这种裤子，我身上现在穿的也才从网上买的，20 多块钱就能买到呢！"便有几人凑过去看，觉得质量还真的不错。后来钰儿终于拉上了絮儿，看得出絮儿很纠结，她已经在网上花了不少钱，买了羽绒服和皮鞋，果然，大家快散开的时候，絮儿婉拒了，她甚至把老公发给她的信息给大家看，老公是叫她放心买没关系。可絮儿说人家在查她的账呢，她现在买的东西太多了。

钰儿又去劝说艾玛，艾玛坚决拒绝了。她和夏儿一起凑到了芊儿的身边，让芊儿帮她们买手机套，昨天移动来搞活动，她们拿了一样的手机。翻过来覆过去翻了半天，选中一种又退掉了，原因是夏儿说既然是双 11，就要买搞活动的，艾玛非常赞成。后来又翻了大半天，终于看到一个原价 100 多元的，现在只要三四十块，一锤定音，两人分别选了两个颜色和花式，芊儿好脾气地帮她们把货放进购物车，敲定之后付了钱。

后来小钰终于拉到别的一个办公室的，把裤子订下了。

莎儿和艾玛两人也凑齐了4件内衣，原因也是买三送一，莎儿说，另一件可以送给别人。说来好笑，艾玛打开QQ，自动弹出的这个信息，广告都做成了这样。艾玛把信息分别转发给絮儿和芊儿代购的时候，她们上面显示的都是169块钱一件，把原本只想买一件的艾玛和莎儿一下子吊足胃口，4件现在只有174元，后来艾玛只好又采用了货到付款的方法。

年轻的瑞雪看大家一个个头凑得紧的，便笑："网上说女人买衣服总不会嫌多，而且看看橱里的，都会觉得不中意，还少一件。"大家深表赞同。

后来有人买了羽绒服，有人买了大衣，有人买了毛衫，有人买了风衣，有人买了裙子……散开的时候，一个个踌躇满志，心满意得……

唉，这群娘们儿，不倾城不倾国，只会……

# ❉装　点

办公室看起来很旧，办公桌看起来很旧，空调看起来很旧，书柜简直不堪入目，还有那高悬着的空空的投影仪，一切都让人无法生喜爱心。倘若不是一张张笑脸，一句句或讨论交流或煽情调侃或牢骚戏谑，断断不是一个让人喜欢的地方，这就是我现在的办公室。

这样的一个办公室还要准备参加单位的办公室文化评比，虽然构思和理想肉感而美好，但现实充满骨感。不管怎么说，是家就要装扮啦！况且还要有一群外人来指指点点呢！我们一票儿四人决定先去花店看看，买点绿色植物先把生机点起来。

花店离得并不远，去之前请了认识的打了招呼，希望便宜一点儿。停了车，我们便风风火火地进去。

女店主热情地迎了过来，就问我们是不是准备装扮办公室的，瞧这架势，托的人已经打过招呼，心生感激。

本指望店主推荐的，但是看来看去也就那样几种，我们便八只眼睛齐齐逡巡起来。店里很乱，可能刚刚运来一批新的鲜花，几个小姑娘正在整理，一看便知是为明天的教师节做准备呢！这好像与我们关系不大，我们还是来专注寻找能让我们心仪的吧！

莎儿就站在一边看我们选，她似乎决定把主动权完全交给我们仨儿，偶尔才插两句。燕儿一看就是一个非常能干的姑娘，她在那边一盆一盆地放着比划着选择着，絮儿则是把工作时认真严谨的作风带到了这里，精心地挑选配比。我是挑剔的，那些普通的绿色小植物我是喜欢的，因为无论它们多么普通平凡，总归是绿意盈盈生机盎然。我的眼光不在它们身上，因为有她们几个呢！

我希望有让人眼睛一亮的东西，我希望雅致温暖，家就应该有家的温馨。办公室天天待着的一群人不就是一个家吗？它不应该是硬邦邦、冷冰冰的，我们几个人的意见不谋而合，然后就选了两盆小星星一样开满小红花的。一边又想精致一边又要看着价钱，虽然便宜，但终究觉得太过普通，我便戏谑：“既然选就要选好的不要看价钱了。”然后选了三盆，就足足地超过了那十几二十盆的价格。

两盆是非常繁茂的绿萝，一盆主人已经养得久了，是自家放在店里赏心悦目的，被要了来，一盆放在古色古香的铁架上连铁架一起被要了来。想着要让生命律动起来，征得大家的同意，一致开始挑选一盆出色的植物。天可怜见，实在找不到。虽然内心里觉得假花漂亮却少了灵韵，考虑到办公室里有伙伴是不能闻到花香的，香水百合相对合适终究还是放弃，最后不是很情愿地向绢花上靠拢。

店主把店里认为漂亮的店宝都取了来，一个一个看了又抛了，然后看到一盆非常素雅的绢花，花盆是瓷白色的长方体的餐具的形状，有淡黄色的和粉紫色的花朵，我一看就合上眼了，此刻才突然明白是跟我家过年时买的蝴蝶兰一个品种，想来它就应该是一盆蝴蝶兰吧！够素净和雅致，我却断然放弃了，因为它的紫色是忧郁的颜色，一个那样黯淡的办公室怎么可以忧郁呢？它只能热烈。絮儿看到这盆花的时候说她已经开始忧郁了，大家都笑。对这盆绢花我有些依依，假如把它放在家里应该是漂亮的吧！虽然同样布置的是一个家，但这个家又是不一样的，它是一个大家，快乐明亮应该是基本色调。

最后看到一个黑色的瓶子上面点着金粉，有点古色古香的意蕴，里面插着的黄色粉色的梅花，觉得还算雅致，但却不喜这种颜色，虽然我嘴里说着大俗即大雅，但还是嫌它太过俗艳。店主便热情地说里面还有其他颜色，拿了来，絮儿便选了三枝大红的和两枝粉色的，我建议全部拿红色的，俗得透底便是雅到极致，我们在笑笑闹闹中选好了全部的花草。

回来之后大家便迫不及待地把办公室装点了起来，原本灰暗的办公室似乎一下子有了许多生机，那红艳艳的梅花让年轻的姑娘们都觉得很跳跃，我们几个老女人却在那里窃喜，我们知道自己真的老了，因为我们喜欢这鲜艳的红色，它让我们感觉到朝气蓬勃、青春热烈和生命的律动。年轻人有的我们没有了，只能凭借外界弥补，我现在终于明白为什么老人喜欢穿红色的衣服了。

因了这生机盎然的色彩，莎儿看着办公桌嫌弃了起来，我感同身受，建议在桌上铺上东西，我们开始构思设计，莎儿本就建议把书橱也给装扮起来，我觉得挺好。

有些东西无法改变，那我们就来创造。我希望明天或者后天，我们的办公室就会变得不一样。期待中……

# 买新衣

友友问我："过年的衣服买了吗？"

我得意地告知："买了，早就买了。"

友友说："为什么我身边的每个人都买了呢！"

我开心极了，原来不只是我喜欢过年穿新衣服呀！

友友跟我说："我一定得去买件新衣服，不然我觉得不像过年。"

我感同身受。

我喜欢过年的时候穿新衣服，从小就喜欢。小时候喜欢，可能是因为喜欢过年，喜欢过年的时候可以穿新的吃好的还能尽兴地玩。过年的时候穿新衣是理所当然。

现在喜欢，纯粹因为这是过年，新年新气象。假如没有一件新衣服过年，这像过年吗？像新的一年的开始吗？我固执地以为新年新气象，所以当然应该穿新衣。

于是每年的过年之前，我是一定要去逛街买新衣服的。我清楚地记得有一年不知什么原因没来得及，大年三十下午 4 点多钟我还是跑到街上拎回了一件长羽绒服，哎呀对了嘛，这才像要过年啊！

我还发现，衣服千万不要等到腊月二十以后去买，这时候几乎每个店的衣服都会提价的，常常是过年之后的双倍。于是有人建议过年之后买，可是那买了有什么意思呢！已经过年了呀！于是我会提前买，有时会提前很长时间。碰巧有活动啊打折啊过节啊，我就会把过年的新衣早早地买下，最长最早的时间就是前一个新年过后，衣服半价出售，如果合适了，我就把它买下留了这个新年穿。

买回家过新年穿的衣服，无论买了多久放了多久，我是一定不会拿出来穿的。哪怕我某天做客突然觉得没衣服穿，我也不会把准备过年穿的衣服拿出来，哎呀，这是过年穿的衣服呀！瞧，我一直这样固执，固执地想着过年穿新衣。

感觉有人这样跟我说起：又不是小孩子了，小孩子才要穿新衣服。觉得好奇怪呀！为什么我不可以穿新衣服呢！这是新年哎！

所以友友说："一起出去吃晚饭吧，吃完陪我逛街，买件衣服。"

我欣然应允。女人买衣服，旁边没有参谋是不合适的。

友友觉得不买新衣不对劲儿，老公也直笑她像个小孩子，还是慷慨应允，并爽快地陪同，最后他却和侄子一起失联，这丝毫没有影响我们的兴致。

逛了有多久呢？说真的，边看边逛的时候你永远不知道时间，你只知道累或者不累。年纪不同了，买衣服的时候已经不肯将就，用友友的话说："一年忙到头，一定要买一件心仪的衣服，好好儿犒劳一下自己。"多有道理呀！我深表赞同。我以前怎么就没有提高到这样的境界呢！

友友想买羽绒服，这个商场东西南北前前后后所有的商柜我们都走了两遍，看得上的只有两款，还不是很满意。最后友友想了想说："去看皮草吧！"

皮草总是把价格挂得很贵很贵，貂绒的皮草要挂到 3 万多，普通的也要几千，打三折。皮草给我的感觉，穿得好看雍容华贵；穿得不好看就是把钱在往身上堆，很有那种土豪暴发户的味道。也许是我这种穷人的酸葡萄理论吧！

皮草的式样丰满了很多，已不像从前一个特别大号的毛领子一直敞到胸部以下，好看不实用。现在的基本都蓬蓬的绒绒的大衣装，甚至已经做成了韩版。

很显然，友友那种辛苦了一年犒劳一下自己的思想占了主导，我甚至也忍不住试了两件，说实话我真的穿得不好看。友友在两件之中难以取舍，我给了建议，但郑重声明，衣服是自己穿的，一定要自己喜欢，别人给的只是建议。我从来不以为衣服是穿给别人看的，我觉得首先应该愉悦自己，穿一件漂亮的自己喜欢的衣服一天都会好心情。

当我们几乎快要决定的时候，却来了两个友友相识的人，三言两语把友友的积极性打消了。她拉了我决定跑另一家主营皮草的个体私营店。

我们就从暖洋洋的空调商场中跑向了寒风中，好在路途并不遥远，况且友友热情洋溢。有时候真不明白，为什么个体商店中的服装就是看起来比大商场的养眼。友友把几件的图片发给老公，老公也给了建议，最后买下的仍是在她试的若干衣服中我一眼看中的，真的，有时候要相信自己的第一感觉。我看别人穿衣服觉得很是一种快乐，我喜欢一切美丽的美好的东西……

友友开心地说：“今晚终于可以安心地睡觉了。”

瞧，这就是女人！

过年了，辛苦了一年，请不要忘记犒劳一下自己！

如果金钱可以买来快乐，只要条件允许，女人，请不要吝啬！

# ❉ 扫出的好心情

我喜欢打扫卫生的感觉，尤其是打扫卫生之后，眼睛里的感觉。撩开被子，用力地伸了一个大大大大大的懒腰，暴喝一声："干活！"便滚下床去，噌噌几下溜到卫生间。

这可不是去洗漱，我喜欢打扫完卫生之后再打扫自己。

啊啊啊，不行！我又以最快的速度弹了回来。太冷啦！裸露的手臂和双腿提醒我这是一个深秋的早晨，穿长裤着长衫，最后还好心情地套上一件马甲和一条短裙，短短的修身的马甲和蓬蓬的绽开的短裙！最后不忘穿上一双厚丝袜。

把头发松松地挽成一条松松的马尾，现在的自己一定很精炼吧！假如不是相机坏了，我是一定要玩一下自拍的。也好，这样可以专心致志地开工了！

很认真地拿了笤帚和畚箕开始扫地，才扫几下，拎起垃圾桶的时候，就看到土豆（狗狗）撒的尿。快速地去拿拖把用力拖几下下，把拖把放进水盆里的时候，却瞥见土豆不怀好意地边吃着狗粮边看着我。我恶狠狠地瞪了它一眼，可恶的小东西，家里高起来的地方都成了它眼中的树！

土豆明明是有窝的，现在总不忍心把它关着，看它在家里前前后后疯狂地风一样地跑，甚至中途来个高难度的动作，跳上沙发绕过茶几，此中的愉悦，就是多拖几次地又何妨？

快速地跑到窗前，先把阳光放进来吧！啊，温暖而又明亮的阳光啊！继续打扫。

土豆似乎知道做了不大妥帖的事，很有涵养地在我的笤帚前面一米开外处快乐地绕圈圈，偶尔才会用嘴拱起细碎自娱自乐。

拎椅子挪桌子搬箱子，正扫反推我扫扫扫。土豆终于按捺不住，围着我身前身后地跑，笤帚飞舞，它便也快活地腾转挪移，凌波微步。

扫地是不用多久的，刚扫好地看到手机振动，便看到一个好久不联络的朋友小心翼翼地问：在吗？心里想着她定是要我聚一聚吃饭了，便也小心翼翼地回答：我在扫地。

果然！

终究是非常相熟的一个好朋友，即使并不常联络，但彼此的心是相通的，最后说好让她到我家里来吃饭，顺便帮我干活儿。

她在来的路上，我便抓紧时间拖地。

拖地可是功夫活儿，我得先用清水拖，再洒上 84 消毒液浸泡拖把，然后还得把拖把拧干，过清水，再拖。这期间一个个程序是交错进行的，我得不停地换水洗拖把，正常情况我会耗时 2 个小时左右，唉，这么小的空间，工作效率不是一般的低，是非常非常非常的低啦！谁让俺有精神洁癖哩！

我常常在切换水龙头的时候把水弄到头发上或者身上，今天在我分外注意分外小心的情况下水只是洒在了左手臂上，还好。

我得提高效率，再好的朋友，我也不能让她脚不沾地。我在干活的时候是不欢迎人走来走去的，尤其拖地，我不喜欢湿湿的地面沾上脚印，在我眼里那比没有拖还脏。

我发现，在我慌慌地干着活的时候感觉非常不好，不一会儿便开始气喘吁吁，而且手臂特别酸。连土豆在那儿快活地跟拖把嬉戏时的萌样，我都无暇欣赏。可我既不能淡定从容，亦不能半途而废，加油！

土豆似乎看出我今天没有心思陪它玩儿，也对我翻飞的拖把失去了兴趣，在我拖过的地方南北快速地窜来荡去。时不时跑到我身边看一下我，见我不理它继续去跑去钻。好在秋天地上干得快，不然我定要怒斥它了，拖地的时候，我可不会欣赏它在地上画的梅花。

土豆气喘得厉害便开始跑过来又是喝水又是嚼豆，豆嚼得嘎嘣嘎嘣响。我看着它大口大口地喝水，听着豆嘎嘣嘎嘣的脆响，又是艳羡又是嫉妒。舔舔干裂的唇，我可是连牙都没有刷呢！

好了，完毕！

此时的地面纤尘不染，亮可照人，空气中有 84 的气息弥漫。不刺鼻，仿佛点燃的檀香氤氲，干净了地面整洁了心田。呆呆地看风在帘角走动，黄的明黄，紫的高贵，和着阳光，展示着美好……

真好啊！倘若时间从容，我定会脱了鞋，穿丝袜，踮起脚尖在家里快活地转几圈。劳动原本就是快活的事，尤其当它丰满了生活！

# 惬意早餐

心简单，世界就简单，幸福才会生长；心自由，生活就自由，到哪里都有快乐。

——题记

东皋孟家蟹包在这一排临街的小店里面门面最大，和万千糕点店一样，大约是其他店面的二到三倍。只是它比万千糕点店更显眼，大红的门楣金色的大字，檐下还悬着两个大红灯笼，很是招摇，仿佛一直延续着节日的喜气。最壮观，那金色的“东皋孟家蟹包”几个狂草龙飞凤舞，遒劲有力。连四扇玻璃大门的门框都是金铜色的，比古铜色更鲜亮，光彩熠熠，很有点古雅与现代交相融合的意味儿。门框上方流动字幕上的红字悠悠缓缓地踱着方步，提醒着食客别被“蟹包”两字迷惑，里面豆浆花卷儿面条饺子玉米粥大麦粥，花样繁多，种类任君自选。

入得门来，一眼望过去的对面墙的正中央，醒目地悬着一块匾，上面书着“祖传手艺名不虚传”这样自吹自擂的 8 个大字。下面是一个超大型的消毒橱柜，上方红木制作成的财神爷笑眯眯地一团和气，他漫无目标地望向前方，手中拄着的拐杖上方挂了一串串的酒葫芦，慈眉善目，心定神怡，和如皋长寿园的老寿星定当同祖同宗，分明就一如皋百岁老人的慈祥模样。消毒柜里整整齐齐地排列着各式各样的碗碟盆盘，消毒柜右侧的柜子等高略窄，紧闭着，上面挨挨挤挤列队站着一把把银色水壶。

门的右侧是半人高的吧台，上面摆放着各式点心的蒸笼热气腾腾，粥类用大银桶盛着，盖得严严实实，吧台里侧有一灶台，面饺可即时下锅，煎蛋一蹴而就，看着清爽整洁安心放心。这样的感觉极好，好吃不好吃姑且不论，这般敞亮与卫生是必须要得的。有时候想笑自己，一些小吃店无论口碑多好，倘若一眼看过去不清爽我便先倒了胃口，全无尝的兴致，不知这算洁癖还是怪癖。眼神快速逡巡一番，我便心情大好地一用力打半推开的门边走向吧台，仰视后面东墙上醒目地标注着的种类与价格。

我选了一碗玉米粥和一个荠菜包子，当表明早晨我吃得清淡，不希望油腻，并询问荠菜包子的馅儿时，一位老人有些歉意地告诉我，里面是他们的特色灌汤馅儿加了点儿荠菜。玉米粥金黄富丽，里面缀着的米粒莹白如玉，好看相，极符我审美的意趣。碗堪比小时乡下的大蓝边子碗，更高大厚笃稳重，这也是我极喜欢的。我喜欢喝糁粥，不是打小就喜欢，小时候反而怕吃，是生活一天天好起来好的吃多了嘴巴吃油之后的嗜好。一大碗粥正合我意。小碟子配的咸菜咸了点儿，没有母亲腌渍的雪菜香。包子极大，超过我能吃下去的大，虽然有心理准备，咬开的时候，我还是嫌它的荠菜少肉多了，不过味道确实不错，不腻。

反正时间足够，我便慢慢吞咽咀嚼，嘴巴忙着，眼睛也不肯闲着。左右两侧的挡板墙裙都是庄重暗沉的枣红色，与店的老字号儿极配。最左侧的西墙，墙纸是书卷的样子，上面全是行书。我不懂识不识得，但看不清楚。虽是背景，仍饱含着墨香的气息，只是中间一行仍只狂书

“孟家蟹包”4个大字，不是一般的自恋呵！还有更自恋的，耳聋里传来对话：

一食客问：“你们的蟹包正宗吗？”差点狂笑喷粥，这与问卖苹果的“你家苹果甜吗？”问卖辣椒的“你家辣子辣吗？”有何差异？笨蛋才会回答不甜不辣不正宗，果然，老太太大声作答：“我家的肯定正宗，不信你去问问四海楼的，他都不敢说比我们东皋孟家蟹包更正宗！”

好！够自信！

我对蟹包不感冒，不只因为相对高昂的价格。我从小在乡下长大，性格堪比男孩子，摸鱼摸虾摸蟹在那个乡村到处是小河的年代，并不鲜见。灌溉渠里面走着走着就能踩到一只螃蟹，双手在水渠边就能掬一捧活蹦乱跳的草虾，在闸口略深略宽的水道来回多走几趟，鱼就会惊得跳起来，在身体周侧划着银色的弧线……曾经乡下人眼里不当回事的蟹现在成了城里人餐桌上的美味，价格也是贵得惊人。乡下孩子怕吃的玉米粥也成了长寿食品。一切都在变，你阻止不了，就像孩子一天天长大我一天天变老。

来来去去间已有几拨人，对话间听得有熟客有生客，他们的目标比我专一，所以很快坐了吃了走了。我还在研究面前的桌椅，一律的清水原木板，没有沙发的饱满盈润但不乏精练矍铄。玉米粥终于被我吃得淀汤落水，一如小时候一样。我施施然起身，心底里有草拔节，有花绽放，有歌在唱：

每天每天，
将文字烹调成面疙瘩的香美，
把情感抒发成孟家包的韵味，
把日子过成快餐般的简约，
把情怀演绎出春天一样的浪漫……

# ❉发丝飞扬

1

有时洗发源于脏了，该洗。更多时候，洗发可以调节情绪，令身心放松。

办过不少地方的卡，洗过无数次的发。喜欢一双灵巧的手在你的发间翻飞，将一头乱丝理得清爽妩媚。有时也会恼了一双蠢笨的手，扯得你生疼而不自知。好在总会带了一份干净与清爽，便不至于完全坏了心情。

2

最开始印象深的，便是小区里的那个理发的。我那时一头飘逸的直长发，乌黑油亮柔软且顺溜。记忆中那时候极少在外面洗发，一来没有到享受的年纪，二来并不宽裕，再者也习惯自己在家里洗洗，其实最主要的是没有在外面洗发的习惯，一来与二来的原因都是现在猜想的。倒是每半个月必须带豆子去理一下发。豆子是我的儿子，这小子生来怪异，头出来的时候，寸把来长的浓密黑发把所有人弄怔住。接生的妇产科医生说，从来不曾见到哪个孩子出生时如此茂盛的长发。满月时理发，按照乡下的习俗，把胎毛绕成小球球回家挂到摇篮一头，把个理发的绕了半天，说："从来没有哪个孩子的胎毛能绕这么大的球。"那次帮豆子理发印象极其深刻，推子一响豆子就大声地哭，小腿小脚小身体大头不停地动，理发的做鬼脸敲脸盆什么都做遍了，只要停下推子，豆子就咯咯地笑，只要拿起推子，豆子就哇哇哇地哭，后来应该是哭闹够了，终于睡着了，才把头发给剃了。豆子打从第一次理发起，每次总是尽兴地哭闹，得又骗又哄，偏偏头发又爱疯长，每半个月不理就长得不行。

记不得小区理发的是豆子多大的时候搬来的，能记得的就是这位理发的似乎第一次就把豆子给骗住了，很顺溜地理了发。然后一次又一次的，我便打心眼儿里佩服她。处熟了，她常跟我说："你总是这样清汤挂面，换一种发型吧！"我却只是笑笑，从不曾肯答应。习惯了十几二十几年的发型，怎么可能说换就换呢！

这位理发的还真有一套，有一天她问豆子："你希望妈妈换一种发型吗？"豆子豆一样溜黑的眼珠一转小嘴儿一张："希望。"理发的便笑对我说："你看，你儿子都希望你换发型。"我笑看着豆子问："真的希望吗？"豆子晶亮亮的眼睛看着我，连连点头。那是我第一次烫发，肉丝一样的卷发让我非常不适应，浑身不自在了两天。第三天去上班的时候竟然很多人围住了我。直说这发烫得漂亮，很洋气。后来陆陆续续就有不少同事开始烫发了。我也在众人的赞美声中慢慢地适应了。

烫了发自然就要打理，何况那时候是一种什么热烫，不涂抹发乳头发就会像草一样蓬乱枯槁，一觉起来满头乱发就整个的一个大鸟窝。那时候给头发营养的好像就只是发乳，白白的挤牙膏一样。可我真的很不喜欢涂发乳的感觉，黏糊糊的，脏得很快，极不舒服。而且似乎两天不洗就变成了头皮屑一样的白片片。每次洗发之后我就用清水在发上抹几下，可以维持一段看来滋润的时间，那时候我就变得特别爱跑卫生间，这样可以把头发滋润的时间维持得长久一些，但终究不方便。后来逢到有应酬要外出，我就开始跑理发店，理发师帮我洗完之后打上一些发乳和发胶，然后把造型整好，发胶是用来定型的，定型过的头发很硬，基本可以维持两天，我是不碰它的，连梳也不梳。好在这样的应酬并不多，便没有花太多的钱扔在洗发整发上。

后来理发师因为房租到期不愿意再租就离开了，她似乎告诉了我一个地址，我曾经去找过但是没有找到。好在豆子已经长大不再害怕理发，倒是我常怀念她那便宜的烫发理发的价格，尤其感激她那时候让不爱理发的豆子变得乖乖的。

## 3

后来跑的那个理发店不叫理发店叫发型设计中心，仍然是开在小区的旁边，价格却是贵了很多。既然不叫理发店那也不叫理发的而叫发型设计师了。发型设计师长得很漂亮，嘴巴也很甜，笑起来特别迷人。当我带儿子去理发的时候，她自来熟的和我打招呼，说了很多人名问我认识吗认识吗，我终于点出了一个名字，她便开心地聊起来。恰好是一个很会打扮的女生，最近发型确实是变个不停，人不漂亮，但是很有韵味，穿着打扮也很时尚。她就迭声告诉我，头发都是在她这儿做的。最后她根本就没有和我商量，说："帮你换个发型很适合你，你一定会喜欢。"当时还很害羞的我根本就没有好意思拒绝。她便很娴熟地让我认识了另外一种新的烫发类型：冷烫。那发型不夸张，我的确很喜欢。它让我看上去至少年轻了两三岁，从此直长发算是悲催地彻底和我告别了。

遗憾的是，这个发型没有能够保持多久，不到一个月头发就直了，她在接送孩子的路上遇到我很惊讶，提醒我虽说不用打理，还是应该抹点护发的弹力素的，我算是又认识了一个新名词儿，弹力素。她让我抽空重新去烫。

说抽空是很有道理的，因为烫一下头发总要在两个小时以上，一不小心甚至在三个小时，乃至半天。后来选了一个日子我果真去烫了一下，她让我每周去护理，一来二去的我们便也熟了，头发仍然没有能够坚持卷多久，当时我怀疑是药水的问题，现在我明白了，是我的发质。打理的时候她不肯收我的钱，后来我就办了一张洗发卡，这样才有点心安理得。有了洗发卡自然就不自禁地想去洗，当然比自己在家里洗要舒服多了，加上离得近，也方便，人就开始变得懒惰起来。

4

再后来发现一个朋友开理发店，三番五次要我到她那里去弄头发。不好驳了她的热情，加之认为应该照顾她的生意，就把洗发卡给了豆子，自己便抽空去了朋友店里。

那是一个小店就叫理发店。第一次朋友摸着我那已经直了的头发就说应该烫了，也用的冷烫。当然没多久，也就直了，后来又帮我烫了一下。短短的半年时间我就烫了 4 次头发，一头原本乌黑发亮的头发变得又枯又干，朋友隔三岔五帮我做保养，我又长了见识原来头发也可以做保养。我耐住性子，让它长了一年多，才走进了家周边新开的一家发型设计室。朋友的那家店也是不敢去了，因为她不收钱，弄得我总是很费神地想着帮她孩子买这个买那个。

5

这家发型设计室让我真正地开始迷上了洗发。开门很晚，关门很晚。只要门开着音乐就震天响。一群小伙子很前卫，很时尚。无论高的矮的胖的瘦的好看的丑看的，一个个技艺都不是盖的，当他们的手指在头发上飞舞的时候真的是一种享受，视觉和感官的双重享受。手指灵巧地拨弄着顾客的发丝，剪洗的方法似乎都不一样。我曾多次地观察，就比如烫大卷。有的发型设计师是扯出一缕发丝，然后拼命地用这缕头发甩甩甩，不停地用吹风机吹吹吹；有的是用琅琊棒一样的梳子把头发一缕一缕地分开，一缕一缕地卷上梳子用吹风机贴着吹；也有的直接把头发用手一点一点地盘盘盘，盘成卷的模样；还有的干脆扯一缕，绳子般把其他头发从中间串起，串成糖葫芦样儿……

这其间的妙处不是三言两语能描述的，因为音乐很响，我便做不成其他事儿，我有一次呆呆地看着他们把一个女孩很短的头发接成了长长的披发，我就知道了，除了发套，原来头发也可以直接做假的，且能以假乱真。开始我还盯着看他们魔术师般拨弄，后来更多时候我就闭上眼睛静静享受。他们这里还有一个好处，就是干洗。所谓干洗并不是说就是干干的洗（初次听说我就以为是这样的），而是在你头发上用水壶先喷洒极少量的水，把洗发液用手搓匀后抹到你头发上去揉搓揉搓就开始按摩，轻重拿捏得恰到好处，整个人便慢慢放松下来，由着他们拨弄。而我最为开心的是我办这张卡的时候正好店里搞活动，价钱比在一般小店里理发都要便宜，比朋友开的小店收的钱还要少，这是多么惬意幸福的事情啊！

这样的日子持续了很久，我至少续过两次费，慢慢地我便不爱在家里洗发，有时纯粹是为了洗发，更多时候不是为了洗发仅是为了放松一下。那时还好心情地邀请办公室的姐妹一起去分享，一去几个，反正那边洗发师多地方也大。

后来不知怎么的，这家店就被另外一家店买断了，我很讨厌很讨厌后来的那家店，他们允许我卡上的三百块钱继续用，却不享受会员价。说必须等这个钱用掉了才可以办正式会员卡。最糟糕的是，我每次去他们都会向我推销产品。一群男孩子在你耳边叽叽咕咕说个不停，那样的聒噪是一个什么样的感觉？完全背离了我当初办卡的初衷，我后来干脆把卡给了豆子，自己却再没去过。

## 6

后来就去过不少地儿，有时就跟着不同的朋友到不同的地方去感受，一个人的时候，我基本上图的多是省事靠近。离单位最近的一个小店儿，当初感觉不错也办了张卡，后来因为要扩建迁徙了，变成了一个大店后我反而去得少了。后来又办了一张卡是离豆子的学校很近的，晚上等着接他的时候，去得早了便到店里去享受一下，虽然那个小伙子的手艺不咋的，但就想着水流的冲击也是好的，便不计较了。况且店里还有无线网，可以去摸摸手机。偶尔三五好友约了一起去某个地方洗发便纯粹是享受了，尤其现在的泰洗，去过两家标注泰洗的店。一家就是我曾经办了卡的迁徙规模变大的那个店，这个项目是他们新增加的，躺在洗发的我不知该称之为椅子床还是沙发上，闭上眼睛舒适地享受半个小时的头部按摩，此时此刻什么都可以想，什么也都可以不想，头痛疲劳便渐渐烟消云散，所有的物事人也变得缥缈起来，直至风轻云淡。

今天触发我如此这般对洗发产生感慨的，便是面前这家泰洗店。按摩、艾盐热敷、洗吹一条龙服务。曾经简单不过的洗发，由原来的三五分钟到今天的一个多小时；一椅一镜一人足矣的小小理发店，现在变得规模庞大，服务项目种类繁多，除了标志着生活水平的提高，也是社会发展前行的必然产物吧！更多时候，忙碌的我们，拥挤的生活日程里就是缺少这样轻松的时间吧！一边放思绪漫无目的地飞翔，想些稀奇古怪不着边际的东西，一边又可以把大脑洗空，迷迷糊糊中什么都不想。洗发，便有这样的好处呢！

# ❉长青沙之行

每天仰望被高楼大厦割裂得支离破碎的天空，读着来一场说走就走的旅行，却终究迈不开前行的脚步。还好，有人工湖，还好，有并不遥远的田野，还好，有绿化带。还好，还好，还好……总在期待有闲的日子，去云南，去三亚，去九寨沟，去千岛湖……未来被规划得丰满而充盈，日子就这样在忙碌和美好的念想中一天天碾过。

“春光明媚，适合旅游呢！”

“嗯，好想去海边。”

“我也是，夏天去吧！”

“要不去江边吧，江边不远。”

“嗯，江边也好！”

“现在，现在愿意去吗？”

望着友晶亮的眸子，心底里有丝犹豫，最近累呢！

“可高兴去？”

“好吧，出发！”

你无法拒绝那份期盼，那就走吧，来一场说走就走的旅行。

“南通，狼山脚下？张黄港？长青沙？去哪里？”我信口问道。

“长青沙吧，长青沙最近。”

好，出发！来一场说走就走的长青沙之行！

兴致一下子就高涨了起来，逛街的原计划瞬间如飞烟渺渺。我拨转方向，一车二人，往长青沙飞奔。

去过三次，一次随友去吃江鱼，一次去青少年基地玩，一次随学生去基地活动。所以认识大略的方向。去看江，这次目标不同，很有点小兴奋与小期待。

车行急切，左边的禾田舒展秀颜，右边的大树张开巨大的怀抱，来不及拥抱便怅然后掠，怔怔忡忡地相望我们徒留的背影和无遮无拦的笑声。打开天窗，让风把长发抛起，发丝在空中舞蹈，硬把棵古树看得乱了心神。

当车过了那个叫石庄的地方，右方的风景明显有了变化，一条阔大的河如练，在棵棵大树后面安静透亮，我相信，沿着这条河走，长江应该不远了。

路两边多了成片成片的油菜花，和着阳光的橙黄，涂抹在远远近近的田野上，在我们的发际眉梢脸庞闪烁跳跃，柔柔的，亮灿灿的。路两边的哪一种风景，不是一场盛宴的序曲和前奏呢！

沿着这条路走吧，一直走，终于走到了尽头。江在不远处，却无法与之亲昵，只能用目光一遍又一遍地爱抚，丈量。想找一处石阶慢慢地下，轻轻地亲，终究存了闲梦，随了春风。拔转车头走向另一条路，见到了几只闲适吃草的羊和江边停泊的庞大的船只。倘若这样便回府，是不肯罢休的。总归有一座桥横亘在江面上吧，倘若能站在桥上望一望长江，是不是也不枉此行？一路上问了两个人，经过斜拉桥的时候，却发现不能停下车，只好远远斜了眼凝眸。突然忆起有块地儿叫江心岛，总归应该是被长江包围吧。转了一个又一个圈儿，终于明白今天是和长江错肩了，干脆沉下心来，沿途看景。

好一块绿霞委地，黄云落坡，路边是大片大片的黄色和绿色织就的地毯，油菜花恣意地黄，小麦恣意地绿，满目晴翠。干脆弃了车，走进了田野里。不瞻前，不顾后，走走停停，停停走走，心湖澄澈清明，仿佛回到了小时候。站在开满油菜花的小坡上，花叶共舞，蜂鸟应和，一瞬间的呆滞让我竟有点不知所措。一开始你还是那个你，倏忽间镜头拉远，你似乎开始缩小，不久就成了镜头里面渐行渐远的黑点点。

小心地走，不停地拍，摄入镜头的，不仅是风景，还有大自然特有的纯净。心里头滋生出无尽的感激，春光无限，春风向暖，待我们不薄，我们又怎好辜负这春心一片？

# 广场舞

帮母亲调网络电视的时候，调到了广场舞。蓦地来了兴致，跟着王广进蹦跶了半天，随着节拍瞎扭，竟也把羽绒服羽绒裤脱到只剩棉毛衫裤，大汗淋漓之下直感畅快。

不知道是缺少锻炼还是天生骨头硬，总觉得跳舞不适合我，自我解嘲说是铜筋铁骨，不带转弯儿。看到人家舞蹈的，开始还艳羡得两眼发光，后来干脆直接忽略：换台，不看，可以吧！

这几年竟然流行起广场舞，开始近一色的老年人，一个个老胳膊老腿儿的蹦跶得像模像样、有滋有味儿，直让我觉得是牵线木偶。站边上，奇形怪状的舞蹈动作总会让我笑喷，实在有违和感。可老人不笑，一个都不笑，满脸的严肃，一本正经，一步一步，每一个动作都认认真真、一丝不苟，那光景，让你无法不肃然起敬。

两年前的一个夏天，老小区旁边的集贤广场，一入夜，几乎是在一瞬间，喷泉四射，歌舞升平。早早有人拎了音箱和功放，先是零星有人跳起来，再一圈的人加入进去，最后圈子越来越大。灯光橙黄明亮，歌震天舞一片，路过散步的，先是站一边笑看，后来忍不住了，也有加入了进去。不会跳不要紧，扭扭身子就行了。跳啊跳啊！脑中一片空灵，除了音乐和舞蹈。我经过时总把他们当风景看，心下除了佩服还是佩服。

一次散步归来，又经过小广场，已然有不少人随着音乐翩然而舞了。这其间，大多数的应该依然是那些老头子老奶奶，有几个也算年轻的夹在中间怡然。经过一个老爷爷面前时，他伸出右手做邀请状，他定是以为我也是来跳舞的吧！我笑笑："我不是来跳舞的。"遂前行至广场右侧，恰恰逢着两个舞着的娃娃，那憨态可掬的姿态令我啼笑皆非，不禁朝旁边的一个石球上安坐，专心欣赏。

越来越多的老人聚了来，少有打招呼便顾自轻舞，也见得有一两个初来乍到尚在取艺中。我笑对每个望向我的人，便也有人对我回笑。我心想：笑起来的舞姿定当更是迷人！果然，一个瘦而有神韵的老人回望我笑，她跳得真好，轻盈曼妙。是啊，一个老人给我这样的感觉——轻盈曼妙。我侧过头去望向那位先前邀我的老人，哈哈，他也在跳。他真的很老了，头发不似雪，但肯定已是白了过半，动作有点像打太极。我为什么不来学呢？为什么一定要等到退休或老了呢？我问自己。

我终于无法迈出第一步，我终究还是个有点害羞的人。音乐改成了双人舞的时候，很多老人歇息聚到了我的旁边，我开始和那位身姿曼妙的老人交流，我告诉她："你跳得真好，很轻盈！"老人很健谈，她便告诉我自己学习的全过程，告诉我她开始有多么笨拙，曾经在另一个广场不曾学会，来这里也学了半月有余才成今天这般。她鼓励我跳，音乐再起，让我跟在了后面，不时讲解两句，示范给我看。三曲未结束，我已气喘如牛、大汗淋漓，当然没有摸到一点儿门道。后来突然下雨，大家很快做鸟兽散。

回来的路上，发现那些四散的老人真的很厉害，一个个健步如飞，很快便没了踪影。突然听到一个声音在对我叫，我从雨披下隐隐认出那张脸，她说的是："没有人天生会的！"我还没来得及对她回之以笑，她的自行车已从我身边飘飞而过。

有人说，时光是柔软的，就如我现在柔软的记忆。我后来又去过几次，虽然动作依然生硬，身姿却变得婉转轻盈，总算让平淡的生活有了几许明媚鲜艳。只是然后搬家。

网上后来出现很多的广场舞事件，我总觉得不是我们小城的老大妈做的，当网上一波一波的评论说她们扭动的躯体影响观瞻，笨拙难看的时候，我是不满的，我常常会在上面撂下一句：有一天，你也会老！这个夏天，我会找一块地儿，去喧闹的老头子老奶奶中学跳广场舞吧！

有一天，我们都会老。韶华易逝，容颜易老，一世的容颜，过路的风景。来到这个世界上，我就从未想过要活着离开，拥有一份阳光的心态，得失了无忧，坐也从容，行也从容，舞也优雅。一个优雅的人，才是魅力十足的吧！

# ❄丑

最近跟丑杠上了，先是丑柑，然后是火柑，再然后是冰糖橙。

半月前，办公室里同事推荐说在拼好货商城拼了丑橘，好吃得没魂。吃刁的嘴巴馋虫被勾了出来，况且瞧这名字多新鲜啊，丑橘！就冲着看看它有多丑也得拼一拼。

很快，没几天快递就到了，好像就是一个周末的光景。兴冲冲地跑到传达室领了一个纸箱子，不大，很轻，据说是 3 斤。打开一看，里面大大小小 10 个，就那大小相距甚远不整齐的劲儿，就够不漂亮的。皮还挺黄的，乍一看上去并不丑啊！

呵呵，只可远观不可近视，近视倒好，不可近看。就拿近前的一个把玩吧！有点像梨，也有点像葫芦，因为它不是圆溜溜的，下面肥大上面窄小，肥大处应该有果肉，在小处捏一捏里面空的，那黄灿灿的皮根本不忍心目睹，这样比喻吧，满是青春疙瘩痘的脸，硬是用乱七八糟的药水涂还用手挤，凹凸不平千疮百孔，就这副模样儿。大肚子捏一捏软软的，似乎里面是空的，这手感让人一激灵，感觉那果肉定不知道干成啥气候。不多想了，本来就叫丑橘嘛，况且人家说好吃呢！于是三下两下轻松地就把皮给剥开了，几瓣下弦月状的果肉倒是排得紧实实的，跟皮离得很远，但看起来并不小，撕一瓣放嘴里嚼嚼，呀，甜！真甜！蜜果鲜甜！

接豆子回来的路上，向他推荐丑橘，他看了一眼很是不屑。对于这些以貌取人的家伙，不亲自品尝，断不会信的。回来后简直是逼着他吃吃看，好了，一下子两个就入了肚。第二天晚上我找的时候竟然一个都不剩了。橘子吃多了会上火，我小有紧张，拎了空盒子一看，新发现，上面写的是丑柑而不是丑橘。

倒不贪心，觉得留了念想比立即再去买要好，周五在大润发水果柜闲逛，看到了火柑，让我驻足停留了。吸引我的就一个字——丑！那真叫一个丑，一个个火柑大得夸张，哪有一点柑的模样？首先皮是软的，也空空的感觉。东倒西歪一律站不住，歪瓜劣枣不过如此吧！便立即想到了丑柑，会不会是一家子呢？

看到其他水果摊前门庭若市，只有火柑处萧条，忍不住拎了闻闻，有柚子的苦香，清冷冷的。欣赏了一会儿火柑特异的丑，还是选了两个小点儿的，说小也应该有我的两个拳头大。

回家后我就迫不及待地品尝了，我总觉得会带给我惊喜。果然，甜，口感跟丑柑极像，水分极多。我把两个一下子都解决了。

今天去好几个超市都没买到毛豆，便去了好久不去的菜市场。看到进门处一堆金光灿灿，见一牌子上似乎写着冰糖橘。怎么感觉比冰糖橘要大号儿？我的好奇又被挑了起来。仔细一瞧，呵，不是冰糖橘，是冰糖橙。橙子啊，这么小的橙子吗？愣住，真小，比乒乓球大不多少，个个倒都是圆鼓鼓的，皮一点儿都没有认知中橙的亮堂光鲜，硬硬的，竟然有很多的斑斑点点胶着着，黑色的，就像有了胎记的女子，毁了半个春天。真不应该细看的。正欲离去，卖主递了一块过来，接过，一咬，啊，怎么可以甜成这样？！遂买了 10 斤。

回家的时候被母亲嗔怪："那么多苹果还没有吃掉，怎么又买这种丑八怪？"看了半天问我："这是什么呀！""丑橙！"我笑答。遂用刀切了让她尝，赞不绝口。豆子回来的时候又是一连吃了好几个。

打小就受到不以貌取人的教育，虽然极少看到一个人的容貌会把我吓住，心中多多少少还是更向往美丽美好。明知古人说的"腹有诗书气自华"，是说华而不实的东西徒具其表，有价值的是内在的充实，只有真才实学，才会让人欣赏和崇敬。终究觉得有些言不由衷，丑柑火柑冰糖橙，也算是为我开启了一扇门。倘若内外兼修，自然更棒！倘若不能有美的容貌，那就努力充实内在吧！

# 人见人爱，花见花开

呜——呜——呜——

先让我哭会儿再哭会儿。

人生该有多少体验，才算丰满？

一大清早的，送豆子上学，起了薄雾，想从大路走。想着绕点路就绕点路吧，安全，而且还可以速度快一点。的确，是这样啊，速度快了点、绕了点路，可是这速度一快就从第二个红绿灯直接冲向了第三个红绿灯，这一绕就绕的不是一点，老远啦！

呜——呜——呜——让我再哭会儿。

好吧，绕路就绕路吧！反正每天都是背着太阳走，今天就迎着太阳前行吧！这种感觉也算不错！只是，唉！车速肯定不知不觉就提了，然后呢！一个坑，哦，不是一个大坑，是一个深坑，好了，避也无可避，已经冲过去了，况且也没有能反应到需要避。好吧，颠簸一下就颠簸一下吧！然后呢！

呜——呜——呜——让我哭个够。

等我发现到不对劲儿的时候，我已经从那个坑上跃过去了，这可不是一般的坑，的确不一般啊！车速有多快呢？从坑上跳过去的时候，我感觉到了异样：狠狠颠了一下。不对劲儿了，不对劲儿了，车胎漏气了吗？开始脑海里还没有“爆胎”这个概念！我觉得不能控制车了，学到的一点点知识冒了出来，不能刹车千万不能刹车。好吧，就这样让车滑行吧！可能我还没忍住慢慢点踩了刹车，可能疑惑，我也有试着点了油门。

豆子还在恼怒：“你怎么把车速给减下来了，无论多早，你都能弄晚。”我实在不忍心可又不得不沮丧懊恼地告诉他：“车爆胎了。”豆子呆了，让我赶紧打求助电话。打什么电话呢？突然想起一友的微信有提过保险公司无偿换胎。提醒着自己莫慌莫慌，仍然慌慌找，慌慌打。讨厌的毫无情感的电话录音从彼端传了过来，我立即关了，这么早，没有几个小时肯定来不了。那么，110 吧，这样的事情也找 110，是不是太没公德心了？短短数秒，脑海里已是千回百转。算了，打友的电话吧，明明很不好很不好意思，也只能这样了。

为什么这么不好意思呢？以前常在出行时把大灯开着让电瓶里的电耗光，害友满小城地救援，好在是小城啊，早晨中午夜里都有，终于羞愧得不行。新产品汽车充电宝出来后，才算解了不少羞恼。现在？！再让我深深羞愧一回吧！

真好，很清醒的声音传来：“……和朋友在……半小时……”好吧，半小时不久，等吧！

眼巴巴瞅瞅豆子，可怜巴巴问：“要半小时才能来，你走过去吗？”

“开什么玩笑，走过去不止半小时！”

“要么，打的？”我左顾右盼，“这儿有的吗？”

“先发个信息给我们老师，打个招呼。”豆子开始指挥我，“把车子往边上停停，把三角标志牌拿出来。”

“有标志牌吗？”我表示疑惑。

“先把双跳灯打开。”

……

打开双跳灯的同时，我赶紧把车也发动，万一再把电耗光怎么办？

看来想拦一辆车，真是难比登天，我抱歉复抱歉地望向豆子。突然听到有人叫："喂，你孩子是去上学的吧？快点过来，我送他。"我呆呆地望向很面生的女子："你是？""我是鸡排店的，我认识你们，快点吧，我看到你们的车好像坏了，特意把车转过来，送一下你孩子。"豆子捅捅我："学校旁边的鸡排店！"我恍然大悟，连声道谢。

看着车离去的背影，我松了一大口气，这世上，还是好人多啊！

一个人围着车转了两圈，发现也有人在看我和车，这前不着村后不着店的，不远处倒有几个人似乎在等什么，我赶紧把车门都关上，并锁了。依稀记得有听说过车轮胎喷雾器等工具都在后备箱，打开，全是平时乱乱放置的物品，开始整理，还真在三层垫子下方看到了备用胎等一众物品。开心地找出三脚架认真地搭好并置于 5 米开外，也许是 10 米，太远了，不管它。

接下来的时间过得很快，我把自己丢进了车里，开始捧起李娟的《阿勒泰的角落》……

一友电话打来，知悉我在半路上，安慰我："寻常，别担心。"见我心态尚正常，又戏谑："人见人爱，花见花开，车见车爆胎。名副其实！"好吧！

不久，友出发，让我定位，我赶紧汇报："我在……"

"打开手机，开定位！"友不客气地打断。

"手机？定位？我不会！"乖乖地作答。

"微信会吧？打开微信，点加号……"这样的教学够精细，够清晰，"……点发送！"成功！好了吧，还学了个新名词儿，定位！以后不怕把自己弄丢了，一阵窃喜。

友还叫了助手么？我迟滞地望着车窗外陌生的脸，电瓶车上那架势和那一脸的笑，应该是来修车的。打开车门的时候，友正好也到了，他和我一样惊讶地看着对方：“你是来修轮胎的吗？”看来，不是一路！对方也无比惊讶地看着我们：“你这辆车不是坏了吗？不是 xxx 打电话的吗？”我立即恍然大悟：“是鸡排店的老板娘吗？”友惊讶地看向我：“你叫了人来修的？”“没有，学校旁边鸡排店的老板娘认出了我儿子，她主动帮我把孩子送学校去了，也许她让人家来修的。”“还是好人多！”友感慨道，“那就请你帮着修一下吧，我反正也只能换一下备用胎。”不一会儿，对方却放下手中的电话，很抱歉地说：“不好意思啊，不是你这辆，是在东边，我来的时候没看到。”好吧好吧，我永远做不了独一无二。

对方还好心地和友一起敲螺丝，纹丝不动。友果断地说：“把车开了送到我店里吧！”我惊恐地望向他：“开过去？你确定？”“慢点开，没事的。”好吧，你说没事那肯定没事，你是老师傅哎！我没敢说出声。

得要有多大的心理承受能力啊！车子发出的声响跟拖拉机没有二致，这不重要。重要的是我略微一踩油门就颠得厉害，是路吧，我这样安慰自己。进的是市区啊，老兄！有人车开过去还调过头好心地提醒：“你的车胎坏了！”至少有 5 个人大声提醒我！我臊红着一张脸快哭了，心里默念着：我知道，我知道啊！哎呀，糟透了，我还闻到了橡胶的味道，会爆炸吗？我提心吊胆着，脑袋里想象着：橡胶在石子路面不停地摩擦，起火，然后，整辆车会不会爆炸？我有想扔下车跑下去的欲望。很好，我没有。太好了，终于快到了！

友让我把车停下来，并把我送到了单位。恰恰好，不迟到！

人见人爱，花见花开，车见车爆胎。名副其实！好吧，就当这样的！

# 土豆一周岁

## 1

生病真的是一件很糟糕的事情，土豆好像一下子就瘦了下来，并且显得无精打采。不再像风一样穿梭，更不会活泼地逗球玩瓶子，脚步似乎变得沉重，眼神也变得迷离，常常眯起，晶亮晶亮的黑眼珠看着你的时候软绵绵的，楚楚可怜。我走到哪里它就跟到哪里，我停下来的时候，它就软软地往地上一趴，趴成一只猫。散步的时候也不再是在前面拼命拽着我走，却常常要我抱着，还不时哀怨地瞥我几眼。

唯一能看到它气势轩昂的时候，便是陌生人的接近。它会愤怒地狂吠，眼睛恶狠狠地瞪起，全身的毛根根倒立，拒人于千里之外，这时候我总是既难为情又开心，别人只是因为喜欢想要接近它，土豆是不会这样想的，它在捍卫我们的领土保卫我们的安全。倘若它在我的臂上，呜呜的怒吼足够让人止步，我便常常会看到乐滋滋的面容变得怔愣。倘若它在我的前面，会往前冲，兴冲冲前来的人常常会望而却步，甚至有想逃的迹象。倘若它坐在我的车里，龇牙龇嘴的样子，会让想摸它的手落在半空，甚至狼狈地跳起……啊，我的土豆儿！它让我在前行的路上变得安心，它是我的伙伴我最亲密的朋友。

## 2

住在四楼，养狗是不方便的。没养的时候，我便知道。

我养过太多小动物：小鸡能飞上三楼，兔子的名字就叫兔子，它能听懂我的话，金鱼生命长达两年之久，小松鼠、小猫咪、山龟，更不用说各种狗。曾经因为这些生灵让生活充满乐趣而津津乐道，虽不是生活的全部，也已经是生命中重要的一部分。所有的麻烦辛苦都如轻烟飘散，或者，我从就不曾以为辛苦，反而是乐此不疲。加上邻居热心的赞助，我养了甚至收养了好多好多小动物和流浪狗。

尤记得机敏得鬼祟的流浪狗黄黄突然不断地从远处观望我家的院子和我时，众人的讶异。几天后，黄黄竟将我家的狗宝宝从窝里赶走，登堂入窝，第二天就生了三只胖乎乎的小狗。黄黄没有奶，每天早出晚归，我买来牛奶天天照料，就连宝宝都帮着照管，卧在窝里让小狗拱在它的身下，让很多人都以为是宝宝的狗宝宝，事实上，宝宝是一只公狗。直到它们长大被新的主人抢走，是抢而不是领，因为它们实在太漂亮太可爱了。后来宝宝得了瘟疫，毛球被鸡骨刺破肠，我沉郁了好久，第一次觉得养它们也是在害它们，便意兴索然，好久不养，直到土豆出现。

我真正不曾有想养土豆的心思。搬到新居不久，不谈宽敞明亮，但总也干干净净。况且是在四楼。很多人看到狗狗的时候都觉得它们好漂亮很干净很可爱，都想逗它们玩，甚至希望自己也拥有一只。其实很多人都不曾能够真正的长久地养一只狗或者一只小动物。

我常常听到有人说：我家也养过，养了几天送到乡下去了。理由往往是太脏了，无法打理。我几乎不曾听到一个人说是因为没有时间。所以当一个很腼腆的小姑娘含羞带喜地走到我面前说“我想送你一只小狗”时我完全呆住了。

我不曾有一点心理准备，但我看着那张兴奋的小脸和闪着光泽的大眼睛时，真的不好意思拒绝。所以很委婉地说：“你家有几只狗呀？你妈妈有没有已经把它送给别人啊！”

小姑娘愣住了，晶亮晶亮的眼睛看着我说：“我回家问问。”然后第二天她就兴致勃勃地告诉我：“我妈妈说要把那只最大最胖的留给你。”我只好非常紧张地问她妈妈：“真的没有其他人家预约了吗？有的话真的不要把狗给我啊！”

好啦，我开始提心吊胆地等着哪一天她跟我说：“狗狗好捉了呀！”我甚至已经打定了主意，如果她真的送狗狗给我的话，我把它转送给姐姐或者弟弟，知道狗狗的状况好跟小姑娘聊起，最起码我不要让小姑娘失望。

## 3

我并不曾紧张多久就被忙碌挤兑得给忘了。然后有一天，小姑娘蹦蹦跳跳地跑到我面前问：“你今天到我家去捉狗狗吗？”

这是一只怎样的狗狗呀！它怎么这么小这么小呀！天哪，它就像一只小老鼠。我小心翼翼地摸它小心翼翼地把它抱到手上。我的目光却再也离不开了：它真的好小好小呀！毛茸茸的。眼睛就像豆子一样。怯生生地望着我，却又好奇地来舔我的手。它不叫漂亮，但是真的好可爱呀！小巧玲珑！它甚至不曾对着我叫。我把它送到姐姐家的时候姐姐也爱不释手。我们说好了我把它带回家给儿子看一下，回头送过来。这一看就永远地待在了我家。并且陪伴我整整一年啦！

我知道带它肯定不容易，虽然儿子答应和我一起照顾它。我们有很多很多照顾小动物的经验，但我们没有时间没有一个好的环境。我决定把土豆放在底层车棚里养，儿子不答应，认为它太小了踩到都看不见，其实他就是想回家时时看见。我强调再三，不要总依赖我帮狗狗打扫清理，如果你不能把狗狗的屎给我好好地打理干净的话，我就不会养它。儿子答应得很爽脆。事实上我很清楚真正照顾的时候还是会落到我一个人身上。

我知道当你不具备这个能力或有这个能力却没这份耐心时是不应该养狗狗的，起初的喜欢会因了时间因了麻烦因了脏和疏于打理而生厌烦心，再弃，不如不养，一开始就不养。一只狗一只猫一只兔子一只鸡，无论哪种生灵，当你决定养它时就得用心就得付出，你养它不能只因了它带给你的一时的欢愉。就如养一个孩子，有多少不是在等待与期许中而来？牙牙学语到蹒跚学步，付了多少耐心与等待？然后娃娃渐渐长大，成长的路上，还有多少耐心与关心？有的便疏于照顾与打理，有的便随着自己的性子与喜好。这还算好，少有者，不闻不问理由充分：自由发展。小狗，再名贵的狗，假若被一农户领养，只管吃喝，从不梳洗会怎样？浑身长毛虬结、邋遢之形，谁敢亲热？倘使命好，遇一退休老夫妇，儿女远行，专伺供养，宠着爱着，该是怎样的干净整洁，皮毛光鲜？我是已经做好了准备的，但我暗暗对土豆说：我只能用自己的方式养你。

我不明白为什么人家养狗都说狗回家会叫闹几天，甚至晚上会扰得邻居受影响。我养的狗从来不曾有这样的表现，无论是宝宝毛球儿还是土豆儿或是流浪狗。它们都好乖好乖呀！

4

我很快地帮土豆买了一只漂亮的笼子，我没有时间训练它，所以白天我不在家的时间，土豆只能待在笼子里。我没有足够的时间照顾土豆，甚至因为中午值班会有一顿理不到它，但我会在早上便为它做好备用，每天尽可能多地陪它下去，最起码早上一趟晚上一趟。如若时间太紧，我便放它在家跳来蹦去，做好清理工作。这样，每晚，香香的 84 消毒液清理土豆的窝和托盘，还有拖地，这是我必修的功课。也有时会觉得累，但我喜欢它小巧而活泼的身影，喜欢它漆黑又晶亮的双眸，喜欢它给儿子带来的欢乐与期待。况且儿子也帮它擦尿弄屎呢！有了这么多的理由，所以累也值得，苦也欣慰，不是吗？陪它蹓跶打扫增加我不少的工作量，权作锻炼！每每凌晨深夜散步时，我总想：哎呀，土豆在陪我呢！

土豆走路的时候屁股似乎不是在路上的，它斜侧着身子，4 条小短腿不停地交错变换，现在我快走都赶不上它了，所以每天我们散步的时候几乎都是它拽着我走。

土豆的弹跳力特别强，它总拼命地往上跳呀跳，当我出门的时候，它常常就一下子跳到我手上。半年的时间，个头身材再不见长，倒是一天比一天神气，一天比一天淘气，想疯玩的心也越来越强。倘若知道我在家，又不陪它，就会越来越猖狂地叫唤，不是那种大声的叫，就像小孩子撒娇，哼啊哼的，害得我小心翼翼地走路。

## 5

土豆一直吃的幼犬专用口粮，每次都是迫不及待狼吞虎咽，终于在一天吃饭时候，见鸡汤里的肝无人问津，土豆儿又在旁边激动，遂夹送到它的碟子里，我兴致勃勃地告知儿子：“土豆儿喜欢吃鸡肝呢！”须臾，土豆欢蹦乱跳地跟着等喂食时，我将它的那份口粮倒进碟子，你猜我看到了什么？土豆儿竟然闻了一下，就可怜巴巴地望向我，然后走过来，再走过去，如此数次。儿子便嗔怪："谁叫你喂它鸡肝的？""个小畜生，我还就不信你不吃来。"我狠狠道。一个半小时，土豆似乎吃了两粒，呵呵，再不乖，让你吃饭，省我钱呢！私底下暗暗谋划：土豆儿，咱们走着瞧！好啦，就因为这样走着瞧，把它带出去的时候，有人喂它便再也不加阻挡，肉啊鸡啊！只吃荤不吃素，终于连续两天跟我们在人家吃喝，又拉又吐……

看着它生病的样子，我的痛楚是没有人能够体会到的，上回有一次带它到超市把它落在车上差点中暑没把我哭死，好在我立即反应过来，买了那么多的纯净水浇它灌它。那次它走丢了，我在风雨中呼喊奔跑半天，直到听到它悲切恐慌的哀鸣，我愤怒地踢门砸门，在凄凄风雨中如一片叶般等待 110……我断断是离不开它的，寂静的深夜接儿子下自修，当我走下楼道只能倾听自己脚步声的时候，是它陪我；寒冷的冬天，把它抱在手上，我会觉得是那么的温暖和安全。

打了 4 针吃了两包药，土豆康复了，仅仅几天的时间，我却感觉到了它的骨瘦如柴，毛色灰暗。

现在看着土豆幽怨的眼神，我只能对它说：对不起土豆，以后只能吃狗粮……

# 哈！土豆儿！

土豆竟然是会吵架的，现在，它就站在我的肚子上，一本正经地在和姐姐吵架。

姐姐此刻正在说："小瘟神惯了没有用，带家去。"

我的肚子都笑疼了，眼泪也笑了出来。

儿子有时候的调皮和幼稚跟身高根本就不成比例。吃好饭我和姐姐躺在床上休息，他突然手里拎着土豆进来，然后把土豆往我身上一放。

土豆小心翼翼地看我，它可能听我嘴巴里在训斥儿子，便从我身上跳到床上，然后竟然前腿前伸，后腿后伸，惬意地在我旁边趴了下来。

姐见了大声说："快让它下去，不然我们不在家，它都会跳到床上来。"

土豆无动于衷。

姐便坐起来冲着土豆叫："快点下去！"

土豆眼睛一眨不眨地盯着她。

姐生气地拍床，呵斥："土豆，快点下去！"

土豆反而直起了身子，把两只前腿搭在我的身上，对着姐气势汹汹地发出呜声。

姐紧盯土豆，怒问："你是要跟我吵架吗？土豆儿。再不下去，我就打你。"

土豆瞪着她，呜呜的声音变高了。

姐发出怒呵："你斜（凶）来。"

土豆干脆跳上我的身体，直着脖子对着姐低吼起来。

我们全都看呆了，姐言语之中透露惊异与好笑，说："土豆会吵架。"

她便开始一本正经地训斥土豆，问它中午是谁喂它的，现在待在谁家，怎么这么没良心……土豆干脆坐到了我的肚子上，双眼紧盯着姐，很认真很配合地随着姐的音量和节奏发出呜呜的声音，时高时低，一人一狗摆明了就是在吵架。

我们三个再难自抑，开始大笑，笑出了眼泪，笑痛了肚子。

土豆的呜呜声越发的欢。

儿子也便试着跟土豆吵架，土豆却从我身上一跃而起，很快跳下床去，一边发出呜呜的声音一边手脚并用跳向了儿子，哪里是吵架，分明是在搞（戏耍）。

搞了一番，见土豆毫无和他吵架的意思，儿子便无趣地去睡觉了。门随即关上。

土豆转过来看看我，看看姐姐。

我故意不看它。

姐便逗它，对它怒呵道："你在我家里还这么斜！还跟我吵架！不要你在我家里了！"

此时的土豆又瞟了瞟我，看我没有动静，就可怜巴巴地看向姐姐。

姐最后得出结论："这个家伙会吵架，而且还会狐假虎威。"

我纠正："哪里是狐假虎威，分明是狗仗人势！"

哈！土豆儿！

# 第五辑 这些年，你辛苦了

这些年你辛苦了，写给很努力的自己！

# 2016，爱您一路

2016 年，终于到了。

2016，爱您一路！应该是有爱的一年！这个数字，我极喜欢。

昨晚想撑着等待元旦的钟声敲响，等待阳历新年的到来，把祝福第一时间送出去。睡意却一波一波地爬上眼帘，把眼皮儿拼命地往一起合，忍不住笑自己："这么大年纪了，还跟着起哄个什么劲儿呢！岁月不饶人呢，身体比任何形式都重要。"带着些丝丝的遗憾，在豆子乐在其中的元旦晚会的音乐声中，慢慢地沉沉地睡去。

很香很香地睡着了，睡到什么时候醒了也不知道！总之知道，2016，来了！

在辞旧迎新的时刻，很多人都在回忆 2015，规划 2016！而我呢？昨晚拎着体检报告，研究了好久好久，把医生写的每一个"可能"和看不懂的术语，用百度查了一遍又一遍。忍不住问自己：是物理性的呢，还是器质性的呢？是小毛病呢，还是大问题呢？终于搅得自己头昏脑涨。

以前每年总算配合的体检，觉得倘若有问题，及早发现及早治疗是件好事。却在体检的每一年，发现报告里都是好好儿的，明明觉得略有不适的地方，检查起来也是好的。又忍不住笑自己：难道你希望不好吗？前年的时候，便不想体检了。一方面觉得自己的身体还行，一方面也想着，稀稀疏疏听到说有人体检时明明是好的，有的不到一个月，有的不到三个月就查出来是晚期，然后似乎就没有然后了。这个体检一来可能查不出什么，一来真的有病了，发展神速，你挡也挡不住。倘若真的检查出了什么，像我这种性格的人，不病死也会吓死。

一年没体检，加上今年体检晚，算算差不多两年吧！这于 2015 年最后一天出来的报告，第一次让我幸福地想：哎呀，也可以让医生写这么多条检查结果呢！

除了血压偏低，胆囊壁毛糙我略有懂，其他三个有两个写的是“可能”，这是措辞的精确，还是对科学的极不负责任呢！哈哈！

忍不住想到了电影《再见，肿瘤君》，能像主人公那样豁达乐观的会有几个呢，但那真的是一种极好的人生态度呢！活着的每一天便让每天过得精彩吧！即使不精彩，也让每一天，活得更像自己吧！

现实就是，有时候我们真的连自己的生活都无法把握控制，未来有很多不在规划之内。有人嘴巴里说着有多爱你，却在不断地努力压制伤害打击着你；有人素昧平生，却在不断地鼓励祝福为你加油！有人天天在一起却形同陌生，有人不曾谋面也成了你前进路上的航标灯；爱人不如路人，朋友胜似家人……定了许多许多的小刊物，每每于深夜读着别人的小故事想着自己的小心思，流着自己的眼泪品味着别人的心情，有时甚至对号入座，让自己在别人的文字里客串一个位置。回忆从前读文，文字里读出的大都是美好，也许因为读着的是童话就把自己编织在童话故事的城堡里了吧，所以曾傻傻地说：“你曾哭着对我说，童话里的故事都是骗人的！”那个“你”，当然是指自己啦！现在多读凡人絮语凡人小生活，知道烟火生活中太多太多的无奈甚至不堪。但写在文字中的终究是文字，文字中的风花雪月，总是那么美好善良和真挚，甚至洒脱，流着泪的回忆里仍然说着的是爱与祝福。是因为记忆模糊了伤痛，文字荡涤了灵魂，还是生活原本就应该是这样的？

有人说你过着怎样的生活是由你的性格决定的，有人说你根本都无法主宰自己的生活。也许都对，也许都不对。我是个平淡无奇的女子，但属牛人的倔强和坚韧，在我的身上都得到了充分的体现。我现在执着于自己的思想和文字，有人说是因为有爱才能写出好文字，有人说是因为寂寞才能写出好文字。游走于网络之间，渐渐地却有了自己的想法：寂寞不一定能写出好文字，甚至能扭曲灵魂；能写出好文字的，却一定有爱。文字其实就是对爱的最好的表达和寄托。如果有的，陈诸笔端；如果没有，心中带着期盼和向往。岁月浮沉，红尘痴眷，缘聚离散，安守流年……文字，是带有情绪的，无论你有多么的想不惊不喜，不怒不嗔，文字是最能看出一个人的真性情的，尤其是在成文的那一刻，文由心生，因情而生思，因思而成文。起初的文字其实只是写给自己看的，一友友的一句话觉得挺有道理的就开始试着分享，只是既然自己写的文字不是放在只有自己可见里，所以我就更希望和别人分享正能量和快乐吧！那些属于眼泪的记忆就如流星划过亦如流星坠落，再怎么样你都不应该想握住更不要去慢慢咀嚼回味，能打包的也就打包扔掉了吧！

在这个物欲横流喧嚣热闹的烟火凡尘，生活百味味味自品，每一个拥有真性情的人都需要有一个适合自己的地方来安放自己的灵魂，想过得简单而纯粹，何妨在可数的时光里，舒卷一份禅心，于文字的款款里，寂静欢喜呢！

都说人生苦短，那就让我与文字相濡以沫，用轻缓的脚步踩过余下的每一个春夏秋冬，用轻柔的眼神触碰每一个有爱的生命，用简单的思维荡涤每一段喜怒人生，用灵动的手指敲击有温度的文字，与大家分享流年清欢吧！

2016，爱您一路！有爱相伴，如此，甚好！

# 清　欢

见我下班没有走的意思，便有同事关心地询问。我笑笑："这两天可以偷懒，母亲在，她烧饭。"就有调侃打趣："作家的手是不应该烧饭的。"也有应和："是啊，在我感觉中，作家应该不食人间烟火。"禁不住地笑："我什么不做呢？"却是一呆，这个回答是不对的，这不明摆着承认自己是作家吗？哈，我是作，但会成为家吗？

我什么都做，烧饭洗衣，搬东挪西，女人做的，我做；男人做的，我也做。那天，卫生间的推拉门被母亲拉时用力不当掉下来了。我闻声过去的时候，和母亲合作了一会儿，母亲放弃了。门的确有点重有点高，我几乎无法把它拎起来，更不用说安装。可我硬是觉得我能做好，因为许多我曾以为做不到的我已一一做到。摸索了半天，我将门斜着挪到了两只脚上，让它随着我的脚移动，最后也果然纳入了轨道。我再次相信：我可以做很多事，可以做得很好，甚至更好。

曾经有不相熟的问："你在家里不干活吧？"极讶异："怎么这么说？"对方拎起我的手："这双手干活吗？"我呆呆地望着这双手："什么活不干呢？"我家里的活儿几乎都是我干的。我用的是几乎，而不是全部。比如突然断电了，我只能电话打到供电局；比如洗衣机空调罢工了，我打售后或者一修理部。这些我真的干不了，我只能请人上门维修，还有多少不是我干的呢？哪怕装修，所有材料，哈，这样一想，觉得自己好能干。

我知道我无法成为雅致女人，更不能成为女人中的极品，我只是一个普通平凡之人，是那种掉进人堆找不到的一个。但我不庸俗，且心存良善，还有点点点的纯真。这纯真是别人判断的，我慢慢认了。原来傻不转弯不圆滑不世故甚至固执，有时候就叫纯真。

有时候看着自己纤细修长的手指，会笑，会觉得自己就是天使堕落凡尘，习惯了柴米油盐，明白天使的翅膀已经遗落天堂，慢慢也就安稳了凡尘素心。悠然地行走在属于自己的世界中，努力扮演生活中不同的角色，找寻属于自己的乐趣，就如写作。

我应该从小就喜欢文字，小时候参加作文竞赛，中学时最好的伙伴说我写了好多诗，还有小说。虽然我几乎都忘记了。师范时，我依然有写小说，还写诗。我甚至还依稀记得，只是那本本都随着过去遗落了，再不可寻亦不想寻。然后工作，然后生孩子。然后每天摸着文字却与文字背离。工作很累，带孩子很苦，一晃眼韶华逝去，逝去的又何止韶华。

又怎么样呢？引用老师黄凯锋的《寂寞也闲适》："寂寞总比刻意制造的热闹好，无聊总比永远忙碌好。想近人无人可近，想做事又无事可做，离别人远了，离自己心灵的闲适便近了。"老师的此番珠玑，到真的道出了我的境界了。

原本就只在网络空间流连，记录着心海的潮涨潮落，把每天的日子过得饱满过得充实。生活在文字里，文字在生活里，流泻于笔端的文字，清清浅浅，把小心思小心情一览无遗地留在日志。没有形式，喜欢随着音乐在田间桥头，和着轻柔淡淡的思绪放飞心情，喜欢随了心流连文字的清欢，只为自己。

藤子说，喜欢看你的文字，很有灵气。冬子说，不分享就是自私。呵呵，还可以这样说的么？是不多的友友中两个给予我帮助鼓舞影响最大的人，于是试着分享。

我醉心大自然，动情小草的拔节，倾心雪花的绽放。我渴望友谊与爱情，期待理解，向往美好，更崇尚内心真实的感受。我喜欢生命里只有单纯的渴望，我依然喜欢追求完美，在淡然中生活，在静默中守心。我不完美，可我很真实；我不富有，可我很快乐；我不多情，可我懂珍惜。感恩，知足，微笑，简单地度过每一天，每一年，让清浅的文字，芬芳成无悔的情愫，用最美的心情，过好似水流年！

# 痴心不改

好了，终于发现，说说如果不及时保存，直接去看空间的话，它就会丢失。

我的这个说说已经写了第 4 遍了。所以我已经完全写不出初时的感受。虽然我还记得那时的感受。

我其实是想写写自己的小情绪的。因为我早起时拎起枕边的一本书，被一首小诗弄得柔肠百转，哭了。

我一开始是害羞的，为自己还有这样的小情绪感到难为情。但是当我写到此刻，我原谅自己了。

有多久了，我努力试着让自己用淡然的态度去面对这尘世的万千虚无，不被环境、他人他物左右。高调地宣称：情绪是由自己掌控的。这是假话，真的。中肯地说，情绪一半源自外界一半源于自身。至于哪一半占的比例大一些，那得看事件对你的影响，你的驾驭和掌控能力。

烟火红尘，食着五谷杂粮，在欲壑里奔走，哪能不跌跌碰碰？哪能不受伤？那些说着走心的话，悟得通透的人常常因为曾经受到的伤害更深更悲，跌碰得更厉害更绝望。我敢断言，甚至包括那些看破红尘的大师。否则，当初他为何要出家？这话要被大师看到了，如果会做法，会不会把我弄晕？呵呵。要么是岁月的风刀霜剑把尖锐的棱角砍平了，要么是岁月的年轮在脸上划了太多圈韶华不再，要么生活真的慢慢变成自己想要的了，而自己又怎可能还是当初的模样？真正活得很滋润很丰满很充实的人，是不会炫的，往往什么都不会说，也是不需要言说的。

生活边缘，我一直试着用恬淡来安顿自己疲惫的灵魂，那些煽情的小说啊连续剧啊文啊基本已从我的视野里被摒弃掉了。我只读温暖的文字，我不允许自己流泪，不允许自己消沉堕落。你若不坚强懦弱给谁看？这样的反问句常常被我用来警醒自己，鞭策自己。

其实这样的自己真的很傻，关键不在于读怎样的文字，关键是读文字的人对文字的理解和驾驭。你是站在文字外，还是让自己在文字里放一个悲剧的角色对号入座。或者生活中你被放在悲剧里，却怪文字里的纯美与良善。文字是没有任何过的，什么样的文字都会有人读都会有人喜欢。只要存在它就有存在的理由和价值。励志的警世名言，能警醒年轻人向着更高的目标前进；风情妩媚的玲珑小字，文人雅士性情中人大可以让自己躺在其上倾国倾城；而那些温暖质朴的文字，更适合“千帆过尽皆不是”的看客；字里的禅意，语里的风骨，看似简单随意，却意蕴深邃的文字更适合中老年人。

最近几年经过了太多的沉沉浮浮，生离死别。身边对我生活境遇一知半解的有人羡慕我的恬淡，有人羡慕我的超然，甚至有人学我，其实自己的苦痛，只有自己明了。倘若将我自身的经历写成一部小说，会攫取多少人的眼泪？又有多少悲多少怒多少怨多少怜惜多少痛？时间最无情也最有情，岁月之风和时光之手会淡化所有的爱与恨。再深的情愫和伤痛，都会因岁月流逝而渐行渐远，如烟杳杳。悲也一天喜也一天，倘若不能带来欢愉，何必拉起来反复咀嚼？

现在的我依然不能心静如水，也许我永远看不透永远也悟不透。我只愿孩童有孩童的至纯至真，年轻人有年轻人的朝气蓬勃，中年人有中年人的睿智，老年人有老年人的慈祥。而我的心哪怕经历过无数的寒冬依然向往并拥有温暖，纯真、活力、智慧，乃至祥和，我贪心地啥都想要。不必怀疑假丑恶的存在，也依然不放弃对真善美的追求。在心底种植太阳，阳光便会一直都在！

# 亲爱的，好好爱自己

亲爱的，好好爱自己。无论生活有多艰难，没有什么比自己的身体更重要。身体好，一切都好。

——题记

如果世界上有后悔药卖的话，那它一定是最畅销的，倘若可以自己定价钱的话，它也一定会是最昂贵的。我觉得后悔没有用，于是决定不后悔，可是我还是忍不住后悔。

上周六，阳光明媚，天气晴好。看着放在客厅的大盆富贵子，觉得它有点儿无精打采，就想让它去阳台晒晒太阳。有点犹豫，我是把它拖过去呢还是把它拎过去呢！回忆翩至，若干年前办公室里，当自己像往常一样又一次拎起水桶放向饮水机时，腰锥像被锥子扎了一般猛然刺痛，赶紧放下水桶，明白自己是闪了腰了。后来又有一次放水桶的时候腰又扭了，那时怎样的疼痛和不方便已经全无记忆，只是后来无论谁用怎样的眼光看自己，再也不肯给饮水机放水桶或者举重物。

眼前的花盆虽然有点大，却只需要端起来，不需要扭动腰肢变换体位，应该问题不大，试试看吧！

当我把花盆端起来的时候，我是小心翼翼的；当我发现自己还算轻松地往前走的时候，心里是窃喜的。突然觉得这么多年的锻炼真的让自己强大起来了呢！原本纤瘦的身体弱弱的体质在自己经年的努力调整之下，也是越来越强壮了呢！我便端着这满装了泥土和富贵子的花盆走了五六米远，虽然感觉有点沉，走得不算轻松，但心里是欢喜的，甚至是骄傲的。

当我轻轻地把花盆放下试图站起来的时候，我的浅笑凝固了。当我再次试图站直的时候，疼痛摧枯拉朽般迅速延至四肢百骸，痛彻心扉。我蒙了，心一下子被冷风包裹，连空气都似乎冷凝了。

后悔肯定是没有用的，然而后悔的浪潮还是一波一波地把我淹没。因为体质不佳，经历假性肠梗阻和肠胃痉挛多次，对疼痛的体验格外真切，一直劝说身边的亲人和朋友：要对自己好！就算有人疼你爱你照顾你，疼痛总要自己扛吧！生病的疼痛和难受没有人能够代替！打从有了孩子，有意无意地总一直宠着自己的心灵和身体，觉得没有倒下去的资本和理由。于是希望今天的意外只是一个玩笑。

然而现实总是这么现实，它冷笑着看我，讥讽我的自以为是。我就那样弓着背在家里走来走去，一如既往地干着自己需要做的事，除了腰直不起来，其他的好像并无大碍！看向镜中驼背弓腰的自己忍不住发笑：年老了原来是这样子的啊！可是有我这么漂亮的老人吗？自我解嘲了一番，蓦地一惊：我不会就这样一直弓着背了吧！后天还要上班呢！轻轻地试图慢慢地站起，疼！真疼！到处都疼！我歪牙咧嘴，直抽冷气！想起那句话：我若不坚强，脆弱给谁看？翻箱倒柜，从豆子的私藏里找来了两片南星止痛膏，轻轻地小心翼翼地摸索着一块贴尾椎上一块贴上腰。

“很快就会好的。”我对自己说。

弓着背忙了半天，夜晚，粉墨登场，准时来临。轻轻地慢慢地把自己放到床上，竟然直挺挺地一下子压了下去。哈哈妥当了，背直了。除了身体的僵硬，一夜无事。心在遐想中期待第二天正常的自己。

哭笑不得的事情发生了，背直了，很直很直，直得不能有一丝丝弧度。身体在僵硬中又度过了一天。掉在地上的东西得慢慢下蹲膝盖弯曲，此时的腰背一定是非常漂亮的吧！舞蹈般的笔挺。

自我调侃的快乐却并不曾能够延长，贴胶布的地方奇痒难忍。赶紧上网问了度娘，明白自己是胶布过敏。却不敢撕下，生怕药效不能到达。忍着估计 24 小时后，撕了胶布，试着照镜子，惊骇的目光下，后背红红肿肿，惊艳一片，摸在手上感觉应该起了泡泡。无论怎样深情地提醒自己，手总会情不自禁地伸向后背。我轻轻地轻轻地轻轻地挠挠挠，蚀骨锥心的痒已经超过了疼痛，第二个夜晚真的好漫长。

第三天，上班了呵，胶布贴着的地方，那蚀骨的痒却如蚁般啃噬，爬了楼梯，腰部空空的似乎没了着落，站不住坐不稳。到医务室换了一种麝香膏药，贪心地贴了 4 块，希望能快点好起来。却在友友的惊呼声中，把它给扯了下来。友友查看发现整个背部如蒸熟的蟹，有过之而无不及。痒得不行，我已由轻轻的到渐渐加大了力道，由挠到抓，终于忍不住隔着衣服开始用指甲掐。原来毅力有时候是如此的不堪一击。突然感觉眼中有了水汽，此时此刻发现自己真的没有那么坚强，身体的不适，有时就能打倒自己，坚强只是做给别人看的，现在的自己弱爆了。

这几天，每天都在怪异的感觉中度过。有时感觉是腰疼，有时猜测是掐破皮的地方疼吧！有时感觉哪里都在疼，有时要你具体地说是哪里疼想要体验时又感觉不出。总之疼痛从一开始的牵牵扯扯，跳来蹦去，终于相对集中；从开始的云遮雾罩，变幻莫测，也逐渐原形毕露。

一晃一个星期就过去了，疼痛和不适逐渐淡化，看了医生拿了药，止痒效果不佳，奇痒依旧难耐。再一次深刻地感觉：身体好，什么都好。亲爱的，好好爱自己，无论生活有多艰难，没有什么比身体更重要。

# 心湖微漾

青少年基地一个星期的煎熬，应该用煎熬来形容吗？于我可以这么说吧！一来身体欠恙，头痛不断。二来两群孩子两头无法兼顾，女孩儿的表现差强人意，离得近，照顾得也多，况且女孩一向心细，安分，极个别的现象其他孩子都当笑话不会随了去。男孩每一天宿管检查的分数都是倒数第一，打从第一天开始晚上睡觉就状况不断，又是半夜闹又是被拍照点名批评，有娃欠觉第二天竟然无法正常参加活动睡了整整半天。第三夜竟然有两个孩子生病，弄得照顾的 4 个孩子嗓子都哑了不同程度地着了凉，带的 4 板润喉片居然都不够分，出门在外第一次参加这样的活动总是难免，心下不停地安抚着自己，努力让每一个白天跟其他班没有区别，这最后的半天总要好好结束吧！

早晨嘱咐几个寝室长吃好饭一定得回去收拾，最后一次不要给人家落下不好的印象，事实就是三个女生宿舍全得了先进，4 个男生寝室只有一个听了重新整理过没有被批评，其他三个竟然在结营会都要结束的时候，又是倒数又是不合格。让那里的老师喊了回去打扫整理，终于明白早晨吃饭时一个老师笑着跟我说“你厉害来，是怎么管理你们班男生的？”是一句反话，当时还得意地说自己昨天晚上就吩咐了，负责的老师早上也说他都检查好了。后来对方嘿嘿一笑说：“哦，知道了，男生不是你负责的。”唉……

这两天也听到几句贴心的微词，批评我对孩子们的纵容，有时真是矛盾，很多时候很多人包括自己都更喜欢听好话，听得眯眯笑，明知道是假话也自欺欺人，听不得真话，哪怕明知道是真话也会连说的人一起讨厌。我总是在不断地反思，是否自己太过古板不够圆通，考虑别人的做法哪些是值得借鉴的，哪些应该去学习，是否不知不觉中就丢了本我中的为人之道。

昨天下午一个群里笑谈插科打诨中，另一个声音冒出来的时候，才蓦然惊觉真的是自己偏了，一个人在做事情的时候，尤其在工作中所做的事应该符合自己的身份，自己曾经很排斥的东西，为什么现在相谈甚欢呢！惊恼之中竟然就把群给删了，我常常用这样的方式用外力来强迫自己，就像怕自己摸手机过头设定 11 点自动关机一样。冷静下来又觉得自己真是过于冲动孩子气了，又走了极端，大不了不上就行了。

昨晚回来头又痛得厉害，吃了药早早躺下了，模糊之中，竟然早早睡去。凌晨 5 点，睡意已然与我挥手说拜拜。披衣起床，在地板上徘徊。一些人一些事于脑海中掠过，浅浅回忆深深思，不想让它们留在心里，虽然不能像电脑删除般不留痕迹。做自己吧，做真正的自己！凡事有度，永远不要丢了初心。

于是安顿自己读订阅的小文，几则《最心语》让心海泛起的波澜动荡很快恢复平静，毕竟过了被激动弄得热泪盈眶的年龄。沏一杯油茶，浓浓的香味顿时弥漫了房间。想着今天必办的两件事。一是陪母亲好好儿逛逛。二是把家里好好儿整理一番。规划好当天要做的事情，心情平静得不起一点涟漪。酌一口油茶，略怪，却清香四溢。很享受这种香气在唇齿间轻轻抚慰的惬意。它们吻着我的唇抚爱着我的齿，缠绵着我的舌头。我用心静读着它们的丝滑与芬芳，水乳交融快意桴鼓相应欣喜。

有一句古诗“我看青山多妩媚，青山看我应如是”，初读这句话的时候就怦然心动，今天它又做客于我的脑际，只因油茶氤氲出丝丝感慨。于心来说，一杯油茶，一件事情，一棵树，一枚叶子，一片风景，其实都一样。只要相看两不厌，何惧独坐敬亭山。像现在一个人呆呆地坐在床前，寂静是一条平缓的河，从身边徐徐流过，没有风也就不存在浪。它摩挲着我的思绪，我划着随心所欲的舴艋款款泛舟。

# 浮 生

母亲来了，真好。就像现在，我又可以把自己赖皮成一个孩子，躺在暖暖的被窝里，腻腻歪歪，不肯起床。

最近感觉总是很忙碌，其实但凡上起班来就会觉得紧张，不停地掐手指不停地看时间，满满当当的。有时还算清爽，有时甚觉茫无头绪，总之就像一个陀螺样儿，一棒子之后快速飞旋就再也停不下来。哪怕是周末，冬日暖暖的被窝再怎么迷人，与它腻歪一会儿于我也是奢侈，早晨 6 点始一天的序幕就此拉开：送娃接娃，买菜烧煮，打扫卫生整理，购买下周的生活用品和食材……有多少喘息的时间？

母亲一般是不肯来的，老了恋家是一个原因，家里忙碌离不开她是一个原因……其实我的房子弄好后就不曾叫她来过，倘若不是因为这一次要出去一周，孩子一个人在家让人不放心，我想她也是断断不会来的。

豆子小时候是母亲带的，带到断奶，带到送托儿所，那时候的豆子真是乖巧听话，是母亲的开心果。我常常听到祖孙两个咯咯咯的欢快的笑声。母亲能够一手抱着豆子一手拎着菜篮子，走很远的路，令所有带过孩子的老人咋舌。不仅如此，烧饭做菜打扫整理家里的一切全部是母亲一手操办。母亲总能把一切弄得有板有眼，有条不紊，让我专心工作无后顾之忧。

豆子 20 个月去托儿所，母亲便回到属于她的时光运行轨道，我便也展开多年的马拉松式边拉扯育儿边工作生涯，其间的滋味，快乐与艰辛，只有自己懂得。时隔多年，学习任务渐紧，逢年过节豆子才会与母亲见上一见。豆子到了青春期，有点叛逆，我生怕母亲这次来他会不听话，走时叮嘱，外婆是老人了，说话要注意。

第一个晚上打电话，母亲的声音洋溢着欢乐，她不停地跟我说："豆子长大了，已经是大孩子了，懂事了。"友友在一边笑着对我说："跟你在一起为其（方言音，撒娇的意思），你不在可能更好呢！"觉得友友的话很有道理，中途我只打过两次电话，跟豆子说了一次。我问豆子："跟外婆在一起好不好？有没有想妈妈？"豆子说："没有想，挺好的。"反倒是母亲也打了两次电话过来，意思告诉我豆子叫她吃菜，一次告诉我豆子让她吃苹果。母亲汇报说豆子非常听话，早上自己调了闹钟起床，上学。中午和晚自修回来，吃好饭过一会儿就去睡觉，我便一下子释怀了。是啊，豆子跟母亲在一起还有什么好不放心的呢！所以 5 天，我几乎不曾多想他们。

回到家里，家里比走时还要整洁干净，母亲对外孙的宠溺溢于言表，不停地夸说孩子长大了懂事了。最让我感到好笑的是母亲觉得儿子太能吃了。她煮了两顿的饭菜儿子常常一顿就把它给吃光了。哈哈哈——

在我的劝说下，在征得弟媳妇的首肯后，母亲决定留下来过一段时间。这对我来说真是天大的喜讯。

瞧瞧这不，懒懒地倚在床上呈半卧半靠状，双手叠放在胸前，享受从窗玻璃照进来的冬日暖阳，捏一枚一枚的文字，随心随性地摆弄，惬意如花，开满整个房间。

窗棂之外，水晶一样澄碧的天空，棉花一样洁净的云朵。远处的高楼沉寂仿佛鼾睡的老人做着向暖的美梦。阳光真好，暖暖的，水亮亮的，尘世万物恣意贪婪地吮吸着这少见的温暖与明媚。

风只在窗帘偶尔踱步，悠悠缓缓，大部队也度周末去了，灌木丛面沉如海纹丝不动。枯茅草在阳光的感召下熠熠生辉。这世界，谁的目光肯在它们的面颊多停留片刻？秋风摧残它们，寒气蹂躏它们，连偶尔路经的鞋底也会无情地践踏它们。只这阳光爱怜翦翦，无私暖暖，公平公正地照耀着人间，青睐着每一个生命或者非生命。草坪上，有狗狗松松垮垮地躺着，眼睛微闭，那种惬意涂满了全身。小河边的杨柳凝练成提纲，枝条层次分明，仿佛一位惜墨如金的作家将他们发表于蓝天白云下面，字字珠玑，笔笔精华。

文字的风花雪月，只是人们茶余饭后的闲趣，在人们茶余饭后的闲趣里，我愿偷得几分闲暇，撑一支文字的长篙，让指尖凝香的字迹，在岁月静静的流淌中，携一份恬淡，不刻意，心却沐浴于惬意之中，享受。

# 怎么可以丢弃幸福

这是一棵发财树，倘若它真的是在我迷惑的某一瞬间以为的：它是幸福树？我是断断不会拿回来的。我可以不要发财，却怎么可以丢弃幸福？

——题记

这棵小树站在窗台上，接近两个月了。它和其他的花花草草坛坛罐罐一起，默然静守一方天地，每天努力生长着，欢喜着。

原本，这棵小树和许多兄弟姐妹待在花木大世界的一个阳光篷里不起眼的角落，等待命运的安排。每天的每天，看零星客来客往，偶尔跟几个伙伴告别。它知道自己可能会有一个主人，也有可能一直待在这里。憧憬、希望、失落，每天都在演绎。

然后某一天，一个阳光明媚的午后，正在打盹儿的小树，突然被一阵银铃般的欢笑惊醒："妈妈，我要这棵小树，可以把它放在教室的窗台上，装扮我们的教室。"小树抬起头，它看到了一张小巧精致的脸，正一脸灿烂地看向自己。小树很开心，它知道自己有了归宿，将踏上新的人生旅程。

小树在小主人的书桌上待了半个下午和一个晚上，小主人偶尔走过来，碰碰小树苍老的树身，又好奇地看看它顶端嫩生生的小叶片，给它喂了一次水。小树努力地绽放一个笑容，小主人毫无回应。小树明白自己只有努力地长大，长绿。

第二天，它就被小主人双手捧着，走了不远的路，放到了一个朝阳的窗台上。窗台上已经有不少的花花草草了，小树开心地和它们打招呼，明白了自己的使命：装点环境，净化空气，美化生活。

小树站在窗台上，时而望向窗内，看一张张笑靥如花，看他们有时安静地读书学习，有时热烈地争执讨论，有时夸张地追逐嬉戏，有时偷偷摸摸地调皮捣蛋；时而望向窗外，看一棵棵大树蓬蓬勃勃，小鸟在枝头欢快地飞来跳去，阳光透过树冠斑斑驳驳，清风在林间走来荡去，还调皮地晃过来抚摸小树。一切都是那么和谐美好，小伙伴们也像小树一样快活，天天都有一张小脸一双小手来为它们洗澡，清水濯濯，它们努力地生长着，释放着，回报着。

日子小溪般缓慢流淌，每天都是新的一天，充满生机、美好和希望……

厄运降临，某天晨间，一个胖丫头风般从身边刮过。小树还没来得及惊呼，它已痛苦地跌落地上，它的家也已经七零八落，泥土洒了一地，小瓷盆粉身碎骨。胖丫头抱歉地捡起小树，轻轻地把它放上窗台，无奈地叹息一声。小主人应声而来，胖丫头连说对不起！小主人难过地说算了。最后看了一眼小树，俩人相携离去，剩下小树迷茫地僵卧窗台……

当我发现这棵小小的发财树的时候，它就这样孤零零地躺在窗台上，它的叶片已经脱水干瘪，原本看来就很苍老的树身倒不曾看出任何变化。“罪魁祸首”红着脸站起来：“我不小心碰倒的。”

“回头找个空盆把它装起来吧！”我并不曾以为意。

一天，两天。小树还是那样孤零零地躺着，它的叶片几乎已经失去了生命的征兆。我有些生气：“怎么还不曾把它栽起来？”

“没盆！”哎，这就是理由。

“哪个有盆的回家带个空盆来，把它装一下吧！”

第三天，小树仍然孤卧在窗台。我看着它了无生气很是无奈。只是平时谁家有多少闲盆呢？放这么小的小树。有孩子说：“好像已经死了，把它扔了吧！”我心下不忍，说道：“先放在那儿吧！”

找了半天没有找到适合它的盆，傍晚时分，所有的身影都消失的时候，看着放在窗台上的小树，纠结着，真的把它扔了吗？小盆景很多都是刚刚移植，看这棵发财树，应该也不曾栽多久，甚至并未真正的成活，只是似乎也没有完全死。或者，我回家找个东西把它装起来？

突然一滞，它到底是叫发财树还是叫幸福树？能把它救活的把握几乎没有。假如它叫幸福树，我怎么可以把它带回家？怎么可以经由我的手扔掉？我怎么可以扔掉幸福？

呆呆地站在窗前，看暮色四起，绞尽脑汁，盘桓记忆：它到底是叫幸福树还是发财树？它是幸福树，我是断断不会拿回家的。我可以不要发财，却怎么可以丢弃幸福？

思虑良久，确定它叫发财树，我便携了它回家，家里也没有那么小的盆。便找来一个空的青花瓷盆，装这棵发财树有点不伦不类，但总算有一个可以安置它生命的地方，我便忙活了起来。

看着放在窗台的发财树移了家挪了窝，心下不禁恻然：小小的一棵树，差点因了名字我不要它。总算与我有缘，但愿它能活着，活成另一棵我捡到养活的小发财树的样子。依然固执地念着：我可以不要发财，但不能丢弃幸福……

# 这些年，你辛苦了

倘若你有一个正在成长，急需要能量和热量，而且特别能吃的孩子，买菜烧饭，于你，是一件快乐的事呢还是痛苦的事呢？其实，很多时候很多事情我们很难用截然的快乐或者痛苦来形容。

10 多年来，豆子一直一直很能吃，他的饮食也几乎是我一手操办的。说实话，连我自己都觉得很难用勤劳或者懒惰来界定自己。说到这里的时候，突然想到网上的一段话：

张柏芝说谢霆锋天天在家打游戏，娃娃都不抱，更不要说家务了。谢霆锋为王菲私家定制十二道锋味，一起做家务……哈哈，很多时候很多人很多事都无法下一个准确的定义。网友由谢张王得出结论：男人是啥样子完全取决于你在他心中的位置……如果他一直不为你改变，不是他有个性，是他真的不够爱你……我却不以为然。你怎么能确定和王菲在一起的谢霆锋他就是变了的呢？也许这就是谢霆锋本来的样子呢！只是在不同的时候不同的人不同的事情面前同一个人展现的不同方面而已，关键还是在他爱不爱你。

作为一个妈妈，我当然爱自己的儿子。况且他还是那么的古灵精怪，可爱又懂事。所以努力地为他做饭做菜，而且尽可能地想做得美味合口，这是我一直很努力而且很心甘情愿的。当我看到所做的饭菜被豆子狼吞虎咽地吃得精光，甚至连汤都要倒进饭里吞咽的时候，我的开心是无法形容和比拟的。

年轻的时候，于我，买菜是件苦差事。我不会精挑细选，也不会合理搭配，不懂色香味俱全，也不懂菜价的贵贱。而且每天匆匆地在下班的时候去买菜，只要有大荤就行，有绿色就行，有营养就行，差不多就行，这就是那些年的买菜标准。那些年的膳食一定是极没有情趣的，除了足够吃饱。豆子不曾嫌过，虎头虎脑的他总是瞪大了眼睛兴致勃勃地等我烧菜做饭，有滋有味地去吃。我的这也不懂那也不会倒是培养了一个不会挑食的儿子。

但我并没有每天每顿都去做饭，儿子虽然带给自己无穷的快乐，但一个人带孩子的生活的确是很辛苦的，况且那时候末位淘汰制，工作压力那么大，每天回家的时候都筋疲力尽，只想懒懒地躺到床上，什么都不想什么都不做。于是那时候的街头小巷，靠近家的那一片，除了大饭馆，所有的小吃大吃我和豆子几乎都吃遍了。甚至有的时候下班回来太晚了，便和豆子拎起一只叫化鸡或者一只片皮鸭，回家就着牛奶吃。因为有了豆子，我那向来喜素不喜荤的饮食风格有了大大的改变，而且弱弱的体质似乎也一天天好起来。

年岁渐长，吃得多了，看得多了，便从饭店里餐桌上偷偷学艺，仔细看搭配，品尝味道，甚至谦虚地问问，回来就尝试着做，而豆子又每每总是很肯定地说好吃好吃，且会把盘子吃得底朝天。这就增强了我的自信，我便越发地努力，花式和种类也就越来越丰富且繁多。

渐渐地也变得会算计起来，不仅看营养色彩的搭配，还看价钱。周末有时间便会慢慢地去逛菜市场。住在老家的时候最喜欢去那个大的农贸市场，那里除了有长期贩菜的小摊贩，还有很多自产自销的农民。

我有时候会买一个星期的菜放冰箱。买的久了也就相熟了。有一个外地的在一块地儿包地种菜，他会主动地告诉我哪些是大棚的，哪些是自然产的，他会让我选口味更好的，甚至在我买某一种菜的时候，他让我今天不要买，说这个菜不够新鲜。在我告知他，某一天买的某一个菜不够好的时候，他还会另外抓一些补给我。买菜也成了一件快乐的事情。

快乐不仅于此，周末的时候，我还会不紧不慢地跟着一群老头子老奶奶，看他们如何选菜搭配，他们常常会很计较，讨价还价。有时候便也跟着买，不时地还会请教他们如何去做，他们常常会非常热情而有耐心，这样又学会了做一些又经济又好吃的菜。把笋瓜切成丝儿，让人吃不出是什么，这便是我那时学的本领。

那个菜市场，还会让我买到便宜又好吃的水果，这个能力也是跟着一群老人学的。我在那里买到了自己几乎从来不吃的香瓜，就因为一个老奶奶一直对我说这个好吃这个好吃她天天买。我学他们的样子不买多，买一个或两个，果然好吃。我还买到了山上野生的橙子，个头不大，颜色也不好看，但是特别甜。

在做一个好妈妈的路上，走得并不是那么一帆风顺，但我很努力。豆子一天天长大，个头终于比我高了。吃饭的能量越来越膨胀，常常让我瞠目结舌，有时明明计划好两顿的量他一顿就吃得精光光，就向有经验的妈妈请教。这时候反而不再这样搭配那样搭配，全部要实实在在。现在的我就已经学会了煲各种各样的汤。有的就是靠自己慢慢摸索，有的向别人求教，有时候还上百度求度娘。

知道孩子总有一天会长大，知道总有一天他会离开我，知道总有一天会有另外一个人取代我把他的胃喂饱喂暖。我会目送他渐行渐远，这一程，就算有遗憾，我亦很坦然。

这些年你辛苦了，写给很努力的自己！

# ❉活着就是幸福

母亲打电话来，告诉我，她今天去看了同村西边的一个伯伯和东边的一个大妈，他们刚查出癌症不久，虽然一直治疗，仍然都快不行了。她肯定想起了父亲，但我不敢说，只是一个劲儿地对她说：要善待自己，别指望别人心疼你。不要太吃苦，不要太劳累，不要想太多，不要动不动生气。即使别人对自己好，都没有用。生病只能自己扛着，苦痛只能自己感受，要自己爱自己。母亲一叠连声地应着：知道。

7 年前，父亲被查出食道癌时已是中晚期，20 厘米的食道有 13 厘米癌化，而且有转移。我和姐姐成天以泪洗面，连母亲都不敢告知，面对父亲时还要强作欢颜。但是不开刀已不能下咽，情况糟透了。父亲断断是不会想到自己会这样的，他肯定以为是小事情，一点儿都不紧张，因为他一直身体很好，成天干活劳动，很有力能干的样子。只是前一年过年时，看他瘦得快，我还有提醒："年纪大了，该歇就歇，不要太辛苦。"母亲当时颇不以为然，说："歇了你给钱用啊！"我听了很不受用。父亲去世后弟弟一下子像换了个人，撑起了家中所有的担子。之前，母亲偏宠弟弟，任他胡闹，骂归骂，总帮他这样那样，常反过来拿钱给弟弟用，帮他填窟窿，让他那么大个人，家里什么都不操心不说，还总想着不吃苦挣大钱，甚至有不劳而获的心思。虽然我拿钱不多，但家里需要时，我从不曾说一个不字，总是尽了所能，不让他们开了口尴尬。在我眼里，为了砌房欠下两个钱，母亲老是压榨父亲，恨不能一个当两个用。一段时间不见，看父亲又黑又瘦，我极为心疼，为此，跟母亲起了争执，怪她让该挣的不挣，不该那么辛苦的偏那般辛苦。

所以当时，一听到医生的宣判，我对母亲心中极恨，觉得父亲的生病她脱不了干系。母亲是个个性极强的人，从小我就认为她不喜欢我，我是家中第二个女孩（其实是第三个，上面有一个女孩夭折），用她自己的话说，生了我时，别人都说，抗美家绝后代了。姐姐温顺听话得很，又是家中第一个孩子。母亲常常说起生下姐姐时，父亲怎样的激动喜爱，尿布全是父亲洗的，跑起来都咚咚地响。我下面还有个弟弟，好不容易生下一个男孩，母亲说她从不偏心，鬼才信！从小我就感觉到母亲的不喜欢我，记忆中她不曾打骂过姐姐和弟弟，她自己认为是因为姐听话弟调皮。所以，因为我的不听话，她老打我骂我，她一直说得振振有词，直至成年后，我一次说到哭，才看出母亲的一丝不忍，她仍然讪讪笑着，说是因为我的个性，我个性像她，还能让我说什么？虽然我一直觉得很委屈，但是长大了，能换一个角度思想，加上生活工作的环境，倒不计较，一直很照顾她，她也喜欢和我说说话。

母亲一直把父亲管得很紧，只给抽烟的开销。我每次回去，都会偷偷塞钱给父亲，并让他不要让母亲知道，否则不定她又会拿了去。这么多年，母亲一直不知道，直到临终前父亲嘱咐母亲他枕头里面还有剩下的，母亲方才明白，我一直不知道母亲怎么想的，也从不曾想过问她。我只是做我想做的。也不是说父亲特别疼我，我也知道乡下孩子父亲都是这样对子女的，我也不曾看到他对姐姐或弟弟特别的好。我这个人就这样，用母亲的话说，还是像她，刀子嘴豆腐心，看不得看似不公平的事，也爱将天平倒向弱势的一方，甚至不分青红皂白。况且父亲和我一样的爱看书，我的能写与父亲是分不开的，小时候常偷他藏在橱堪里的书看。

在强烈的痛楚之后，我和姐姐毅然做了决定，开刀！当然先得征得母亲的同意。母亲得知，伤心欲绝，自己反倒说起我前年说的话，心中后悔莫及。她表现出了极大的坚强与伟大，令我始料不及，对她开始有了新的观感。

母亲骗着父亲，哄他开心，任劳任怨地照顾，让父亲一直以为自己真的很快就好。父亲开刀后母亲一直照顾得无微不至，越到后期，父亲的脾气越怪，母亲总像哄孩子般对他，无论多委屈，她宁肯偷偷流泪都不曾对父亲大过声，本以为只能活三个月的父亲竟然撑了 8 个月。只是越到后来他越不配合，常常要在我回家后骗着哄着才肯去挂营养液，所以后来几个月，我几乎每周都要有 3 到 4 次在晚上下班后回老家陪他。他也只听我的话，好像是为了我才肯挂。

父亲从来没有在我们面前表现出有多难受，从来没有像别的病人那样歇斯底里，我给他带各种各样的书，在他生病期间，他第一次和我谈我们都读过的书。我用我读的文字，给他讲各种各样残疾人的故事，让他坚强。现在想来多么残忍，他是不让我们失望伤心难过才这样的吧，他忍受了怎样的煎熬！父亲走时的前一天，其他家人都在家守着，只有我因上班没能一直陪着。他便一直问母亲，我哪里去了。第二天，我赶回家时，他已安然离去，据说打着轻鼾，一直睡了过去，谁都没有说上话。我只觉心中挖了一块，大叫一声，瘫倒于地，便再不能哭出。周围原本已经安静平复下来的所有人，却在我的叫声后，全都号啕大哭，我却依然呆坐，再无声息。

我和姐姐的孝心，众人无不称道。其实，我哪里在乎别人怎么看，我只是在做着本分的事啊！父亲走后，我越发地照顾母亲，常打电话，尽可能多地回老家看她。人到中年，面临的生离死别越来越多，有一个星期去了两趟殡仪馆。这是怎样的体验！所以，我常常对身边的人说，在父母能吃的时候买给他们吃，多去看看，常常问候。一旦去了什么都不重要了，那些仪式什么的我从不放在心上，悲戚的时候，宁愿一个人静静想想，回忆在一起的时光。倘若没有父母，何来我们，要善待父母。

接到母亲的电话，心中很不是滋味。那些看着自己长大的老人正一个一个消失，现在回家时，看到的多是陌生的脸孔了。每一个活着的人啊，活着就是幸福啊！

# ❉明天还将继续，今天还在路上

当我写这句话的时候，米已经淘好了电饭锅也插上了电。我不知道我已经几天没烧饭了，如果算一算倒不难算出，儿子上月30号出去，那我就是四五天没有烧饭了。我之所以淘上米插上电饭锅是因为母亲接二连三的电话，我觉得我再不好好儿烧一顿饭真的很对不起她。

母亲不算老，才65岁，可她真的老了，父亲已经离开6年。打从父亲生病开始的这几年，我眼见得母亲的背一天天驮下来，头发一天天白，人一天天老。父亲才去的第一年第二年，是我们最最难熬的日子，母亲哪里都不肯去，时常呆呆的。甚至当我们一群子女在那儿说说笑笑的时候，她会突然号啕大哭。我们不知道怎么安抚她，次数多了甚至有点恼怒。

我也会时常想起父亲，眼泪不停地流，可我知道，我们远不如母亲来的痛彻心扉。那段时间，我一有工夫就不停地打电话和母亲聊嗑儿。时间是最好的理疗师，渐渐止住了母亲茫然的思念。我却将她拽入了另一个深渊。

接下来的日子母亲只要跟我说话，我就会冲她，我无法止住自己的情绪，却从来没有想到过她的感觉。她开始变得小心翼翼地和我说话，甚至远远地看着我和姐姐不停地说着什么，我知道她们在说我，可我倔强地装作若无其事。

我不再打电话给她，我不知道怎么跟她交流，我既安抚不了自己也安抚不了她，我无法心平气和地安慰她，我怕她小心翼翼的话语，我更害怕自己的失控。

就这样过了一段时间，母亲会打电话过来，风轻云淡地问我："你怎么不打电话给我了？你心中是不是没有老娘了？"我便会控制住自己的哽咽喃喃问她："你最近还好吧？身体好吧？"她就会絮絮叨叨地告诉我，她现在身体怎么怎么好了，农田里的庄稼怎么样了，邻居又有谁家有什么喜事或者丧事了……最后她说的都是同样的一句话："把孩子带好！"有那么一段时间，都是母亲打电话给我。

同样的，时间是最好的理疗师，渐渐让我的心变得平静。我又开始不断地经常地打电话问候她。她总是不断地操心着她的外孙儿，逢我们回去总要让我带些儿子喜欢吃的鸡。

一个人带孩子的艰辛可想而知，而且又是这样一个叛逆期的孩子。我整天忙得像一个陀螺一样，累的感觉时常浸入我的四肢五骸。不舒服我不敢躺着，生病了我赶紧跑医院。我时常提醒自己，我没有资格倒下。儿子的脸上逐渐有了笑容，渐渐恢复开朗阳光。4 年，那是一段怎样的时光？可能只有我自己知道。

从小到大儿子几乎没有离开过我，在我的殷殷相求之下，家中根本走不开的母亲帮着带到 20 个月大的时候，我就把他送到托儿所。后来早早地让他上了幼儿园。从小我时常把他一个人锁在家里。

儿子小时候不算一个要操心的孩子，我常对他说的一句话就是：握住你的小手就像握住了整个世界。因为一直看着我的忙碌，所以他从小就特别懂事。他会帮我拿拖鞋帮我倒水拿个小椅子让我坐下帮我敲背，他会拿张小凳子站在水池边去洗碗。他会把自己的小袜子小短裤洗洗，在他 9 岁那年我吃到了他为我弄的早餐，虽然鸡蛋焦的地方多，但是他会把不焦的那一半给我吃。那时候的辛苦我不觉得有什么，因为我有满满的幸福。

一切都已风轻云淡，生活教会了我很多很多。我渐渐明白孩子他终将渐渐淡出我的视线淡出我的生活。我也不再想把他缚在我的眼前绑在我的身边。一得闲他便开心地离开我，他去找同学他去爷爷家他去我妈妈家。而他现在似乎已选好要在我妈家小住一段时间，我问他什么时候回来，他打电话跟我说要多过几天。第一次我这么安心地让他离开了我，他已经大了。

母亲每天都打电话来，一天打几次，可能刚刚搁下她又拿起电话。她像个孩子似的不断地向我汇报着儿子的行踪和表现。而她每次最后都不会忘记一句话："平时伢儿缠着太辛苦，你这两天好好休息，过几天定心日子，把身体养好了。孩子在这里，你放心！"

我开始还总是应承："好的。"但打从孩子离开那天起我就再也不曾烧过饭。我总是草草地找点东西填一下肚子，一个人烧饭烧菜烧不着，弄了也会浪费。这就是我的想法。母亲接二连三地打电话叫我养好身体的时候，我从开始的应承变得羞愧，我怎么对得起母亲？忍不住想起同事跟我说的一句话："你把所有的重心都放在孩子身上，孩子一旦去上大学了，你肯定会大病一场，你根本就无法适应。"

儿子去上大学还要两年，难道我就真的应了她们的话吗？人要自爱，一个人哪怕没有别人爱都要学会爱自己。我不可以再这样潦草马虎地对自己！没有谁是谁的谁，儿子也终将是一个独立的个体，少了谁地球都一样转。

明天还将继续，今天还在路上……

开饭！

# 第六辑

# 『偏安』一隅

时光是缓缓的，又是从容的，便在这份简单朴素中，让我浅笑嫣然，『偏安』于此。

# ❉ 吃

经常听到有人说，皋城人会吃。会吃的结果当然就是推动小城的餐饮业飞速发展，步伐越跨越大，至相当发达。

夜幕降临，大大小小的饭店鳞次栉比，有些仿若雨后春笋凭空冒出，一律灯火辉煌，门庭若市。一路观来，小吃一条街美食街人满为患，几乎无可落脚。黑石表面的豪华大厅，巨型的玻璃墙中，人工喷泉飞溅，绅士淑女散逸其间，闲庭晏然。最是热闹喜气的便是婚宴，梦幻的玫瑰花，鲜红烫金的流动字幕，一对新人旁边多有小孩蠢动，站满了正在寒暄又随时准备入内就餐的高朋，待得酒菜上桌，真个是觥筹交错，灯红酒绿，不胜玄妙。

门前院内河边路旁停满了汽车，无论高矮胖瘦贫富贵贱，汽车的主人一律冲饭店而去。也有一些来晚了的，心急地转悠来转悠去，半天都找不到一个停车位，有时挤了半天还得倒出来，只好开到离饭店很远处停下。下车后，有的仍悠悠嗒嗒不慌不忙，有的则疾走如风快奔似箭。

大抵吃饭，除了主家早到半小时乃至一小时迎客，宾客时间基本卡得差不多。倘若是相熟的亲朋好友相聚，是不应该迟到的。一溜人等你一个多不好意思，便满头大汗带着风冲进去，边作揖边一叠连声地说着“对不起对不起，让大家久等了。”大伙儿便起哄“罚酒罚酒”。会喝酒的大方的，拎起杯子主动请罚，不会的则臊红了一张脸。假如是做大事，迟到是平常事。只要有经验的人都不会早到，假如主家约的是 6 点 18，这个时段你从家里开始出发都不迟，一路观景一路从容，基本上不到 7 点 18 是不会开饭的。再加上有时要等重要人物，譬如单位的领导、顶头上司。人家在开会，主家又客气，一顿饭从定好的时间算起，少则 1 个小时多曾有两三个小时。

记得一次我们就等到 8 点半，只把来宾一个个饿得头晕眼花，意兴索然，甚至开始嘀咕埋怨，也有偷偷摸摸的，把桌上的冷盘往嘴里悄悄地快速地扔一块的，然后抿了嘴，眼睛四处张望，嘴也不会闲着，这时候的味道是最鲜美的，有时还会伴随着肚子的咕咕叫声。带了小孩子的，不等开饭，有的孩子就已沉沉睡去。这样一耽搁，只要主家一通知开饭，筷子像雨点，眼睛像豁闪，全是饿透了的，熟人也好陌生人也罢，再不顾及什么风度和脸面，确有暴风骤雨风卷残云之势，把冷盘消灭得干干净净，上一个菜净一个菜。菜不到一半，很多人就把自己给弄得饱胀胀的，望着面前接二连三端上来的大菜，再无一丝一毫的吃趣，就算有，基本也是眼睛望着嘴巴想着，肚皮却是容纳不下了。

皋城从前处于高油脂高热量饮食，请客做事全在肉和鱼上下工夫，猪肉牛肉羊肉鸡肉鸭肉，鲫鱼鲢鱼花鱼鳊鱼，冷盘热炒油炸大汤无不可用之。热腾腾油亮亮上桌，餐桌上热气瞬间氤氲弥漫，脸庞都被熏得红油光亮，如梦似幻，将味觉嗅觉视觉混成不同程度的眩晕。大口喝酒，适量夹菜，重在和谐。

时下的皋城马路越来越宽，老城已被改造得几不见踪影，海鲜山货天上飞的水里游的荤的素的半荤半素的……餐桌上的美味琳琅满目，让人应接不暇。不光注重营养的搭配均衡，赤橙黄绿青蓝紫，白的黑的彩色的，真的是应有尽有。即便挑食的也能激发味蕾的敏感，找到适合的味品。吃得享受的，家人朋友小聚，还会喊来店家，再加一盘，价格另算。小规模的风雨交加，酒足饭饱，一种出奇的慵懒使一众人等兀自坐在桌边，真想躺倒沉睡。一个个欢喜而来，尽兴而归。

“王者以民为天，而民以食为天”，小城不是很富裕，但人们的荷包还是一天天鼓起来，吃穿住都已不成问题，况且小城有张长寿的名片，长寿与吃总是分不开的吧。小城会吃出自己的特色，吃出长寿文化来吗？

# 做馒头

腊月二十之后一件非常重大的事就是做馒头，这在乡下可是放在议事日程上的，早几天就订好了。亲朋好友几家常常一起做，记忆中父亲是一把好手，他会把烧灶的木柴早早地预备好了，劈成大小粗细都差不多的木棍儿，高高的一大堆。他也颇能掌握火候，知道什么时候上笼什么时候起笼，还有就是搓酵，他力气大搓得匀搓得开。所以姨妈家呀舅舅家呀，后来的亲家呀叔伯姨娘家呀，总喜欢带在我家一起做。先是把买来的酒药丸子碾碎，洒到冷却的开水里，开水都是烧了几大锅的。摆放一段时间，看到里面起泡泡了，便开始和面粉，把这发酵过的水一勺一勺地倒进面粉里，揉搓，这就是我们说的搓酵。倘若酵水放多了，起笼的时候馒头就会趴着，像夏天戴的蒲草编织的凉帽，软塌塌的；倘若酵水放少了，馒头也好糕条也好，看起来很饱满很气足，但嚼在嘴巴里远远还不如那趴着的松软好吃。当然最好是不多不少的酵水刚刚好了，有嚼劲又松软，又好吃又好看。

面粉和好，把搓好的酵还是放进装酵水的大缸里，这时候的大缸必须是洗过的。记得一年不知怎么没洗，那年的馒头就有酸味了。听大人议论是酵涨过了，酵水缸的原因。为此事，伯父和谁好像还吵了，责怪这疏漏的一环节，弄得几家这年都吃酸馒头了。酵正常涨一天一夜，母亲和父亲会隔断时间去掀开板锅盖看看，涨了没有，发好了没有，然后快速跨上自行车通知几家的人赶快过来准备动工。

馒头馅儿是各人家前一天晚上就准备好了的，用自家的脸盆装好搁着，馅儿的种类多，比较常见的有大头菜丝儿馅、青菜馅儿和豆沙馅。大头菜好像就专门用来做馒头馅儿的，从地里挖出来的时候圆滚滚的，大大的，有娃娃的头那么大，因而得名吧！大头菜丝馅和青菜馅儿里会放上极少量的几不可见的肉丁儿，也有熬过油的油渣儿，肉丁儿的多少大抵昭告着生活的宽裕程度，当然当时几乎大家都不宽裕，只是谁相对略微好一些罢了。那时候做馅儿和现在是不一样的，每一样菜切好了之后，都要用一个洗干净的蛇皮袋装好，用一根棍子放在凳子上压榨，尽可能把水分挤掉。豆沙的红豆还要先煮熟了，也是要压榨的，只是那时候的红豆皮儿只能压碎，是去不掉的，嚼在嘴巴里起籽儿。现在几乎都是用萝卜丝代替了大头菜，还多了雪里蕻，大抵也就这 4 种，咸馅儿里已不是根据荷包决定肉量，全凭了喜好，我个人没有固定喜欢的，哪种好吃我就喜欢哪种。

馒头大抵皮薄馅儿多，奶奶会在那儿把发好的面团坯子扯成一小团一小团的，一众七八个甚至更多女人便在那儿一边唠嗑儿一边包馒头，一个个圆滚滚的生馒头便在娴熟的压装捏搓中诞生。一般包馒头的时候大人是不让小孩子进灶间的，因为孩童口无遮拦，不定会说出什么，犯了忌讳，老人会很介意。一次姐姐看到搓好的生馒头说了一句：像凉帽。便被爷爷瞪了，母亲赶紧将她呵斥了出去。我多次被母亲从灶间轰出，现在问起母亲有哪些忌讳，母亲却顾左右而言他：迷信，讲迷信。当年她就挺较真儿呢！清楚地记得，灶膛的火烈烈地燃着，父亲在忙活，嘱弟弟放两根木柴进去，我想去放，却被拦了下来，因为爷爷说：女孩子烧锅馒头蒸不好，母亲哪敢承担这样的风险。好像就是这样，馒头蒸得好，是灶老爷保佑；若有意外，定是在内的某人做了让灶老爷不满意的事儿了。从不曾有人往技术层面想。

鼻子耳边额角难免会痒，沾着面粉的手一抹一挠，常会留下印迹，大人们彼此差不多，不以为意，孩童们则会笑开了花。有时会想，那把蛋糕涂到脸上的蓝本是不是源于此？

这边忙着包馒头，灶边也没歇着，基本馒头上笼了，大锅里的水也咕嘟咕嘟乐呵开了。8 扇到 10 扇笼依次摆放上锅，四角一一对齐，倘若对得有偏差了，便会有水蒸气滴落馒头，馒头上便有麻点点了，不好看也不好吃。大火猛烧 40 分钟，停下后，就让蒸气缭绕于蒸笼，等 5 至 10 分钟，其间父亲会用手指沾水点下馒头，判断有没熟透。

起笼了！这是孩子们最快活的时候，赶紧从不见人影的烟雾中跳脱出来，跟着笼一起跑到卸放馒头的凉席边。凉席是早就洗净了的，上面稀落着洒过水的带叶的竹枝，一笼馒头倒下来，我们手忙脚乱地把馒头一个个摆正。刚出笼的馒头白白胖胖，腾着热气，散发着发酵过的特有的馒头香，会让我们不顾烫的一边哈气一边嚼咽，大人也会拿来大碗，取了去让大家品尝。倘若有甜馒头，还会在上面点个红点儿做记号。过三分钟，把馒头翻个身，凉了，再一个一个拣进婆篮（竹制的，有圆桌那么大，有边框）里。这其间，已经两三个馒头进了肚。做馒头的，不会多吃，想多品尝几家的，等到做好馒头，拉好糕条，大人孩子肚子全鼓了，省了一顿饭。

馒头做好时，大家会把所有粘在桌上的酵面粉擦掉，有时会用铲子铲，几乎都会与主家换 8 到 10 个，做得多的，还不要回赠，我们便会吃上不同风味的馒头。还笼时，也会在笼里放 20 个馒头，以示感谢。我那时常想：我家要有一套笼就好了，就不用做馒头了，还能吃到各种各样的馒头……

馒头蒸好了，年味儿就浓了，要过年了呢！

# ❇冬　至

今天冬至，在我这么多年的字典里，叫过冬。在我们乡下，过冬也根据姓氏有所区分，分为大冬和小冬。譬如，沈姓人家，小冬；周姓人家，大冬。小冬在大冬的前一天，大冬在小冬的后一天，显然，昨儿个是小冬，今儿个就是大冬。小冬和大冬之间还有个区别就是孩童都耳熟能详的“大冬圆子小冬饭”。昨天小冬人家过节，祭祖烧经吃饭；今天大冬人家过节，早起吃圆子，中午祭祖烧经吃饭。

过冬在我经年的希冀中，就是有一顿花生米糖馅的粘圆子和一顿有肉和肉汤泡饭的午餐，无他。记忆中的这一天，早晨看热气腾腾的圆子上桌，圆圆滚滚，白白胖胖，香香糯糯，夹一个扔进嘴里，来不及咀嚼，便一下子滚了进去。连吞两个之后，才会有咬破皮儿吸吮糖汁或品味馅儿的举动。小时候能吃，碗里常常先盛 8 个，倘若不够，便再 2 个 4 个 6 个 8 个地盛。我好粘，总能吃好多，后来渐长，吃粘的能力反倒下降，不知哪次竟然吃伤了，花生糖馅儿吃到了嗓子眼儿，冲上了脑门，以至现在渐渐淡了兴致，吃也很是收敛，只为应景。就像昨夜友友提醒准备圆子，毫无心理准备，哪里准备？如何准备？便随了他去。想着食堂今天定有圆子，便也姗姗上去，买了一份儿，一碗 4 个，送了两个给旁边嫌少的同事，剩下两个，慢慢细品，嚼咽，甜，香，软，糯，的确好吃，卖相也不错。

因为过节，侄女回家，说她今天买菜，反复追问我与姐：“你们可家来吃饭？”想也不想，同声拒绝：“要上班，不家去。”让侄女略显沮丧，意兴索然。

她到底是个孩子，昨天去了准婆婆家过了小冬，吃了一顿丰盛的，今天又回家，准备再吃。便忆起自己小的时候，只有这样逢年过节，尤其是祭拜祖宗的日子，才会有这样一顿相对丰盛的午餐。其他的都可以忘记，这顿的中午是必然有肉的，连肥带精的肉吃光了之后还会有肉汤淘饭，那滋味只要想想都会流口水，甚至感觉长大之后再也没有吃过这样好吃的肉和肉汤，更不用说用肉汤去淘饭了，在现在看来这是多么不可思议的事情啊！而在当时当地，连汤都会兄弟姐妹均分着。记得那时候还经常有老人调侃：女孩子不能在过节的时候用肉汤淘饭哦，嫁人的那天会下雨的。

从来不曾去考量过它的真假，现在明白，孩子多汤少，女孩子少吃点让给男孩子吧，长辈找个理由，偏又不好明摆着重男轻女，叫你别吃，给弟弟吃。可有哪个女孩子会听进去这样的话呢，嫁不嫁人与自己没啥关系，只希望多分点，把米粒弄得颗颗油亮晶莹。

总在脑海里浮现这样的一个画面：一个扎着两个小辫子的小姑娘站在灶台前，眼巴巴地看着爸爸或妈妈在炒菜，食指放在嘴巴里吮吸，唾沫咽下去的时候会发出咕咚一声……我不知道这画面里的小姑娘是不是我，但这就是我们小时候的生活，这就是小时候，冬至的意义。

慢慢长大，“冬至”也渐渐丰满，冬至是数九的第一天，自此，就是数九寒冬了，所以有人说“冬至”是冬天真正到了，便会淡淡一笑，这里的“至”可不是到，而是到头。冬至这天，地球在近日点，北半球的太阳南移到头，该北移了。古人认为，到了冬至，虽然还处在寒冷的季节，但春天已不远了。“冬至一阳生”，指的就是阴气到冬至时盛极而衰，白昼开始一天比一天长，阳气回升，是一个吉日，这样一想，心里便开始暖和亮堂起来。

“大冬小年”，家乡还有这样的说法。祭祖也好，团圆也罢，总存了念想。或纪念缅怀故人，或亲人团聚其乐融融。时光是如何的有情又是如何的无情，愿与不愿，它都在那里，不疾不缓，依旧前行……

# 那时年味儿

现在的年味儿不浓不重，吃穿用和平时没有多大差异，有差异的就是平时时间是单位的，逢年过节是自己的。可能因为老了，所以常常情不自禁地忆起从前忆起曾经忆起青春年少，忆起小时候那些年那些人那些事，当然会忆及过年。

小时候，进了腊月，年味儿便一点一点浓烈了起来。

先是腊八喝腊八粥。超市里卖的瓶装也好碗装也好罐子也好，腊八粥都是甜的。这不是我们记忆里的腊八粥，也不是现实生活中我们的腊八粥。我们的腊八粥是咸的，平常的大米粥，里面七凑八凑放上家里能找到的各种豆子，还有花生、毛芋头，加上青菜，浇两大勺油，撒上盐和味精，拼命地煮黏糊，香味扑鼻的腊八粥就成了，呼噜呼噜一个人至少能灌两大碗，那个香啊，喝完了舌头还会在嘴边绕两圈。

然后是廿四夜，廿四应是取其读音吧，过去会煮粘（音同念）丝，将水烧开了，将面粉扬进锅里，一边扬一边不断地搅拌，成糊糊状，浇上香油，放点韭菜，撒点盐和味精，也是特别的滑润香浓。

进入腊月，很多人家便开始腌渍各种腊味儿，鸡呀鸭呀鱼呀肉呀，找一大缸，一层一层密密地撒上盐即可，放上一个月，到开春的时候晾到墙上晒，多多少少还有炫耀和攀比的意味儿。乡下人爱腌肉，城里人爱灌香肠，慢慢地乡下人开始灌香肠，城里人越灌越少，说腌制的东西不好，应该吃新鲜的，注意养生了。况且现在的超市大年三十都忙个不停，正月初一也不关门，哪里像过去所有的店家要到正月初五财神日才开门？小时候还有说法，正月初一不能扫地不能干活儿还不能花钱买东西，说是会把金银扫出门会辛苦一年会破财。腊味还是要腌的，毕竟那腊香传了一代又一代，吃了一辈又一辈人。况且嫁出去的女儿，整条（猪）腿子地往娘家送，不腌咋行？只是数量跟从前比少了很多。

从小到大，腊月二十之后最重大的事要数蒸馒头，馒头一蒸，也就似乎把年蒸来了。亲戚好友常几家合了一起做。把烧灶的木柴预备好了，劈成大小粗细都差不多的木棍儿，码成垛。馒头馅儿各自用自家洗干净的脸盆装好提前搬来待用，等酵水调好酵涨好发好就可以动工了。一群媳妇儿嫂子姑子大妈舅妈姨妈奶奶围成一团，一边唠嗑儿一边包馒头。这时候未嫁的女儿和孩子一般是不让进灶间的，因为口无遮拦，不定会说出什么，犯了忌讳，老人会很介意。

大火猛烧 40 分钟，再让蒸气缭绕于蒸笼 5 至 10 分钟，就可以起笼了。这是孩子们大显身手的时候，跟着热气腾腾的笼一起跑到卸放馒头的凉席边。一笼馒头倒下来，我们手忙脚乱地把馒头一个个摆正，取了去让大家品尝，在甜馒头上面盖个红戳儿或点个红点儿做记号，再把馒头翻个身，凉了后一个一个拣进盘篮，也忙得不亦乐乎。这其间，几个馒头进了肚，肚子也像馒头一样圆滚滚的啦！

馒头蒸好了，年味儿才真的来了，要过年了，人就多了，外地的打工的工作的全回来了，谁家没个祖宅祖宗老家父母的呢？忙帮不上多少，大包小包肯定拎得不少，村里人眼中在外面钱挣得多的，一袋五颜六色花花绿绿的奶糖肯定是少不了的，村里谁家的孩子来了都会塞上两块。

二十八左右，大家伙儿才开始去买年货，有的要到二十九甚至三十的上午，因为父辈的钱那时候才能够到手，钱不是堆积在家里的，是等着用的。倘若没有拿到钱，这个年就会不好过，勉强称点肉。但年终究是要过的，总会千方百计地让家里热闹起来。春联喜笺鞭炮年画糖果是必不可少的，原本冷清的街头会一下子在这几天变得热闹沸腾且拥挤了起来。

我记得那时候家里贴各种各样的年画，中堂上有时是老虎，有时是老寿星，有时是松树，两边有时是十大元帅，有时是电影里面的一些画面，我清楚地记得有一幅画叫《打渔杀家》，之所以这么深地记住，是因为这个名字太奇怪了。有时还像连环画一样有故事，姐姐有权支配一些钱的时候才买一些美女，现在想想应该是影星，还有松竹梅等。

春联多是美好祝福或是赞美春天的，有时候一副春联贴左贴右会争好久，真的贴上了，又会觉得贴反了，基本也不会拿下，因为用面粉做的面糊很黏，拿下纸就会坏的。

喜笺最好买，只要分大小就行了。糖果就是我们现在看到的茶食中的几种：红糖精枣白糖精枣麻饼麻切桃酥，现在的步步糕那时候叫云片糕。还会买点糯米陈酒和高粱酒，即使不会喝酒的孩子，三十的中午也会用舌头沾一沾糯米陈酒。

父亲似乎对炮仗情有独钟，他总是会买好几筒，一筒 10 个，且一个比一个响，他还喜欢一下子排几个一起放，从大年三十放到正月初一，一直放到初五。而我们孩子则会买小炮，往地上用力一掷就会啪的一声脆响，有时候从背后吓人有时候被人吓。还有一种，两头有引线，拿在手上用力一拉，这种小炮我基本是不敢玩的。那时候的焰火极少，好像只有一种，往地上一插，点燃之后嗖的一下飞上天。在看了电视连续剧《还珠格格》之后，焰火似乎一下子丰满了起来，而我们那时候已经走过了童年。

二十九的上午就开始炸芋头圆子，用刨子把芋头刨成细细的丝儿，放在脸盆里，用铲子的柄头儿拼命地捣，捣成糊糊儿，有些人家会在里面放点剁碎的花生米儿，极少有放肉糜的，然后用左手抓一把，从大拇指和食指缝里把它挤出一个圆，右手拿小汤勺一刮，放进沸腾的油里，我们基本上会站在灶边等，金黄金黄的，外脆里酥，那叫一个香！是现在的肉圆不能比的。会炸好多，以后都是放在饭锅上蒸着吃，能吃到正月十五。心情好的时候，母亲还会切一些红薯薄片，把面粉调稀，薄片在里面过一下，放到油里炸，甜甜的酥酥的，哎呀，现在一想起来还会流口水呢！

三十的上午，母亲开始煮红烧肉和鱼，都是用钵儿盛的，冻起来，留着慢慢吃。鱼基本上里面都放炒过的黄豆，黄豆和鱼冻有时候感觉比鱼还香，就着粥吃特别好。而父亲则和我们一起掸尘，用带叶的竹枝绑在长棒子上面把家里到处的灰尘弄去，然后贴春联贴年画贴喜笺，三十中午的饭一般吃的都很晚。下午便会去给长辈送礼，外公外婆啊大外公大外婆啊，爷爷奶奶呀！基本上都会有压岁钱拿的，穷的时候，这钱是要上交的；日子好过了，这钱就归自己。

三十的晚上对所有孩子来说是最开心的，大家会撑着好久不睡，一直等压岁钱拿到手上。我最喜欢伯父给我的压岁钱，他总是给很多，常常是姐姐她们的 3 倍。如果姐姐是 10 块那我最起码拿 30 块。三十的晚上大家都是不着急睡的，倒不是因为看电视等跨年文艺晚会，小时候有电视的人家不多，基本上是一家人团坐在一起打牌，会打的不会打的小孩子大人一起上。我记得输了我总会从伯父的面前拿钱给别人，赢了快速地把钱往面前刮。输赢应该都是几分的吧！大了些正月初一也会和村子里的一些孩子玩，但极少。赢了也不会心安，因为那些输了的回家会被大人骂。

正月初一便会穿上可能一年才有一次的新衣服，到长辈家去拜年，会有很多的糖果塞满口袋。然后伙伴们就会结伴深一脚浅一脚地从雪地里走到公社（现在叫乡政府）去看电影。这样幸福的日子至少会延续到正月初五，然后一切都慢慢平静下来。正月十五的时候又可以吃上汤圆，晚上和小伙伴们一起在麦地里舞兆火。很多的时候是拿一把废弃的笤帚在上面浇点火油，点燃后在麦地里跑来跑去，比谁的亮比谁的舞的时间长，奶奶那时候是我坚强的后盾，她总是会帮我准备好，有时还不止扎一个。兆火舞起来的时候，感觉一切都是那么的美好，人都好像飞了起来。正月十五一过，年似乎也就过了。

儿时的点点滴滴正随着岁月的车轮渐行渐远，听着新年渐近的脚步，我情不自禁地忆起那些时光，回忆是那般遥远而美好，已经全然过滤了贫穷的苦味儿。伴随新年钟声，真心祈祷祝福：在未来的每一天里，能让我爱的和爱我的所有人，拥有一份健康，拥有一份快乐，拥有一份平安，拥有一份够得着的幸福。

# 冬天的记忆

一友友问我："你现在就穿羽绒裤，大冬天怎么办？"

"兵来将挡水来土掩，见山砍柴，见招拆招，到时候再看呗！"这是我当时当地的想法。

最近老感觉冷，冷到骨髓里的冷。早更天冷醒，寒气直从骨子里往外冒，开着电热毯，裹紧厚棉被都没用；中午午睡，腰以下冰冰的，尤其脚，躲进被窝，越躺越冷，就像银块儿一样，就拼命地弓起腰用温热的手又捏又搓，一个中午都搓不暖，更不可能睡着，着衣下床的时候，几乎哆嗦。

又一友友问："你以前冬天怎么过的？"

是啊，以前冬天怎么过的？穿了这么多，羽绒服羽绒裤两件毛衫，外加保暖衣，却是这样的冷冽感受。

"我以前冬天是怎样过的？"忍不住反复地问自己，一年一年，也过了这么多年呢！我便想啊想，想啊想，先想最近的去冬，竟发现自己一片茫然，怎么都想不起来，竟然一点儿印迹都没有。去冬，你去哪儿了呢？

那就往前追溯吧！能记得起的最近的属于冬天的记忆，应该是前两年一友友开了美容院，聊天的时候，她让我去看看。开始我狭隘地把美容院理解为美容做脸，不去理会。后来听一同事在办公室说，到美容院开背对缓解疲劳作用很大，对于当时极易疲劳的我来说，极具诱惑力。后来开背的同时，便知道了可以拔火罐、刮痧。了解到拔火罐和刮痧可以去寒气，我便顾不得后面铜钱大的又青又紫的淤斑的丑陋恐怖容颜，每周开背要么拔火罐要么刮痧，那两年不知道是心理作用还是真的有用，冬天里，我卸掉了又重又多的层层线衣，隆冬数九最冷的时节，羽绒服里好像就穿一件线衣加一件马夹，真的不冷。我现在也拔火罐儿呀，莫不是去岁没拔，以为改了体质，或就真的夸不得吗？

关于冬天，慢慢的被揪起记忆，即使零零散散，稀稀落落。

小时候其实就是极怕冷的，那时候的风好像特别大，刺骨。凛冽的寒风总是从板板的又厚又笨又重的棉衣棉裤里钻进来，无孔不入，里面穿的秋衣秋裤也没有用。鼻尖在隆冬里除了红没有第二种颜色，这样强烈鲜艳偏缺乏美感的色彩，还有小手。小手总是又红又肿的样子，皮肤绷得紧紧的，细看有泛着的裂痕，似乎不小心就会破了溢出血来。手指的每个关节处，更是异样的红块——冻疮。如果不是因为玩，手常常伸不出来也拿不住东西，会有强烈的疼的刺痛感。倘若暖和了发焐都不是好事，痒得厉害，痒到骨子里，让你想把那块皮肤挠破、抓烂，挤出那造成奇痒的罪魁祸首。倘若真挤破，里面也只是挤出一点点水来，无他。心下却是踏实安慰了许多。

有冻疮的不仅是手，还有脚。虽然那时极穷，平时买不上新衣服，但母亲手巧，总会用面粉加开水烫成糊状，拾凑的破烂烂的旧布条洗得干干净净，浆成鞋面纳成鞋底，一年四季，至少会有一双新鞋穿。钉着气眼的厚厚的老棉鞋很漂亮，也很暖和。我偏偏没有福气，总觉得穿着生疼，太紧，用旋子（新鞋里整形的工具，会让鞋略宽松）旋也没用。

母亲就说我不是穿新鞋的命，有时便请人帮我先穿几天，而她为了好看也不肯把鞋做太大，只有等穿的旧了，慢慢地松开，才会自在。终也还是抵御不了寒风入侵。那时不明所以，现时才略有明白，那小脚板分明过于瘦削，瘦得只剩皮包骨，用瘦骨嶙峋也不夸张，倒并不难看，许是缺了阳光的照射，白嫩嫩的，定是因为没有一点肉气，便缺了热量，御不了寒。所以脚指头和脚侧边总会有冻疮。其他的不甚记得，有一个画面一直清晰，每天放学回来，总有一张温暖的笑脸迎过来："赶紧用热水洗把脸把脚烫烫。"那是小时候属于冬天最温暖的记忆。

小时候的冬天虽然冷，却是快乐的。那时候可以在乡下老家的任意一条结冰的河面从这边滑到那边，从这头跑到那头，厚厚的晶亮亮的反射着太阳光的冰面是我们童年快乐生活的聚集地。所有孩子的小脸一律冻得通红，清亮亮的鼻涕不受控制地往下流，流向唇边。女孩子会用随身带着的的确良手帕擦一擦，而男孩子更多时候伸出脏脏的老棉袄的袖口擦一下，更有甚者哧溜一下就吸进了嘴巴里……我们还会在早上起来之后，把那些放置在外面的瓶瓶罐罐里的冰冻想办法挑出来，圆盘一样。男孩子会得意地把它们拎在手上炫耀，不时地放下，把手插到袋子里焐一下或者放在嘴边呵两下。调皮的女孩子，如我，就会在晚上水还没有结冰前，在中间插一根棒子或者放一根绳子。第二天早上就可以拎着棒子或者绳子到处炫耀，那时候基本是顾不上冷的。

那时候的冬天，最能取暖的游戏就是一大群孩子挤在墙上，挤油。分成两拨儿，所有人都可着劲儿地拼命往中间挤，被挤得冒出来就站到最后面去继续挤，热量伴随着欢笑一点一点上升，蒸腾，甚至能看到有的小伙伴额头上冒出青烟来。另外一个游戏就是斗角，左腿盘起右手拎起裤管儿，右脚呈金鸡独立状，跳着，追着，笑着，互相撞击，笨熊一样也会慢慢撞出热量来。

一天一天长大，不知道是变得羞怯了还是懒惰了，总之不会再玩这样的游戏，手会拢在袖管里，倚在墙角边静静地晒太阳，修长的手指白皙，只有小手指处才会有小小的冻疮，那是长期露在外面写字的缘故。脚上的冻疮有增无减，应该是活动的骤减引起的。属于冬天的记忆开始变得苍白。

然后上师范，只有一年的冬天记忆特别深刻，那年冬天应该特别冷，一个个蜷缩在被窝里害怕起床，最痛苦的莫过于起床之后身上的一点余温，会在晨跑中漏得一干二净。最兴奋的是听到广播里说：“今天操场结冰，晨跑暂停。”便总盼望着跑道结冰。于是某一天的晚上，不知道是谁出的主意，深夜，好多好多人，女生居多，拎着大大小小五颜六色的脚盆脸盆，原本绿化带里浇花的水龙头，成了往跑道上浇水的源泉，跑了多少趟浇了多少水我不记得了，大家风风火火地忙到深夜。能记得的就是第二天早上，跑道上根本没有结冰，连一丁丁点儿的冰碴儿都没有。

还是那个冬天，下了一场好大好大好大的雪，大到整个天地都是白茫茫的一片。积雪很厚，天上一直飘着雪花，大朵大朵的絮状的雪花，降落伞般从遥远的天际降落。那是一个好日子——圣诞节。我们有理由相信那是冬天请圣诞老人送给我们的礼物。我和静还有颖放学后就在操场上玩雪，一直玩一直玩，玩到天黑，玩到鞋子湿了，头发湿了，衣服湿了，所有可以湿的地方都湿了，但是真的很开心！

记忆中下在冬天的雪，除了这一场，小时候有一场，那是大年初一，雪厚到可以淹没膝盖，一群小伙伴依然顶着风伴着雪，深一脚浅一脚地赶到街上去玩，去公社大会堂看电影。一年才过年的几天放一下，雪算什么呢？还有就是2008年的那一场雪，那一年简直就是雪灾，雪一点都不柔软，全部冻得冰冰的硬硬的，在家里憋了几天之后上街我就摔了一大跤。然后记忆中的雪星星点点，都不成气候。

我不喜欢冬天，因为我怕冷。更多时候冬天给我的感觉就是冷，冬天与冷是密不可分的。但我喜欢冬日暖阳，喜欢盛开在冬天的腊梅和雪花，它们是我活在冬天里的温暖，美好得像梦一样。再残酷的冬天，都有美好存在！再无情的冬天，也要看到希望！

# 礼 物

我从来没有把自己当做灰姑娘，灰姑娘有仙女送南瓜车和水晶鞋；更不要说把自己当做公主，公主穿着白纱裙和小红靴，要啥没有呢？

我从小就大大咧咧的，个性像男孩子，我记得有人叫我假小子，哦，不是，应该是叫我假男伢儿，那是用方言叫出来的称谓。小时候我不记得自己穿过裙子，更不用说小皮鞋小皮靴。

我是个穷穷的道地的乡下姑娘，只有过年的时候，才会有一套新的行头上身。常常是一双母亲亲手纳的鞋底酱的鞋帮用铁锥和针箍辅助缝制的方口布鞋，一条深色的卡其布裤子，还有一件偏大的彩色的棉褂子，里面当然一切依旧，谁会撩开你的外衣窥视其下的内囊呢？那个经济一片萧条灰色的年代，所有乡下孩子的遭遇大同小异。

记忆中，小时候的我没有收过礼物，从来没有。当然，如果奖品可以视作礼物的话，小学的时候，我有过一支钢笔、一个文具，那是我参加作文竞赛和数学竞赛得来的，崭新、铿亮，记忆中的它们，极尽美丽与辉煌。

如果巴结的物件也算礼物的话，那我收过一朵石榴花，火红火红的石榴花，艳丽热烈。9 岁的时候，一个总是流着鼻涕很脏很脏成绩很差的小男孩儿给我的，我每天要查他的作业，他每次都不做，那次他送了我一朵石榴花，可怜巴巴地望向我，我还是毫不留情地把他报告了老师。男孩儿被老师拎了站在讲台前面等待老师的责罚，石榴花依然在抽屉里闪烁，我没有觉得丝毫不妥。

12 岁那年，在沙洲采石场上班的伯父一下子给我带回了三件衬衫，白底的，一件上面满是彩色小圆，一件是黄色的花朵，一件是满满的菊花。姐姐兴高采烈地跑过来的时候，问 :“哪件是给我的？”我分明记得伯父的笑容有点尴尬，他一定忘记了大侄女的存在。姐姐不笑了，伯父就跟我说 :“给一件姐姐吧！”我便把小圆点的那件给了姐姐。然后就是我上初一的时候伯父帮我买了一条裙，绿色的，粉嫩粉嫩小草一样的颜色，那年我 14 岁，那是真正意义上的属于我的第一条裙。

虽然当时当地我很开心，很得意，尤其是伯父，他没有孩子，一向很娇宠我，每年过年他都偷偷给我远多于姐姐和弟弟的压岁钱零用，时不时买一些柿子饼和薄荷糖给我吃，可这些我都没有当成是礼物，我想要的，是毛绒玩具。

我不知道自己是什么时候喜欢上毛绒玩具的，我甚至不知道为什么如此喜欢，甚至迷恋。大街上有时会有卖毛绒玩具的车子，上面堆满各种各样绒绒的毛乎乎的小熊啊小狗啊甚至鳄鱼，大小不一，色彩各异。它们常常让我呆望且久久挪不开步。

超市啊饰品店啊每每去了，只要吸了我的视线，便会情不自禁地凑近驻足，轻悄悄地伸出手轻悄悄地摸一摸，那是怎样的一种感觉啊，欢喜与渴望像闪电般在身体里飞蹿，到达四肢百骸，但我从不曾想自己买过。

一次，豆子想送个生日礼物给一个朋友，一个女孩子。下了晚自习已经 9 点多了，我陪他在冷清的街头找了两家还开着的饰品超市，他看中丑丑的冷冰冰的一组套娃，我便情不自禁地问他：“为什么不送一个毛绒玩具呢？”豆子有点惊愕，还是信了我，在一家饰品超市我们一起挑选了一只粉嘟嘟的小熊，小姑娘有没有喜欢我没有再问，当我看向小熊的时候，心里满满的软软的欢喜，我觉得那小姑娘定会喜欢的。

豆子 10 岁生日的时候，收了不少毛绒玩具，小熊啊，大熊啊，皮诺曹啊……有的酷酷地戴着帽子，有的穿着小马夹系着红领结，豆子似乎不感兴趣，他感兴趣的是四驱车和各式枪械，毛绒玩具常孤零零地倚在沙发上，我会时不时地拿出去晒晒太阳。

在我不知道几岁生日的时候，那时已经工作了，我收到过一艘金色的帆船，什么样儿我已不完全记得，能记得的就是我不太喜欢那礼物但我很开心。现在想想，自己真是挑剔啊！

后来大大小小多多少少收过一些礼物，搜寻记忆的时候，却只记得豆子送我的一幅大白兔牵着小白兔的画和一幅豆子扯的门前自家长的玫瑰花瓣堆成的心形图案，其他的终究不曾留下深刻的印象。

再有的印象就是站在毛绒玩具面前发花痴受到的不屑：“多大年纪的人了，还看这种玩具？”总怅怅离去，后来便只远远一瞥，在心里远远抚摸一下，离去。

最近去一店里闲逛，毛绒玩具的情结又被揪起，拿拍了的片片给一友友看，她便笑说：“好可爱，我也喜欢！”跟她说起我的毛绒情结，她便问我：“为什么不自己买？”醍醐灌顶一般，觉出自己的傻，是啊，倘若喜欢，为什么不自己买？以后的以后，只要见着自己喜欢的毛茸茸的玩具，定要自己买，直至把自己淹没，多好！

# ❄生　日

难得打开电脑，突然想翻翻以前的心情。首先跳出来的界面便是让你登录 QQ，于是便顺着电脑的意思登录了，却好久都无法进入空间。应该怎样形容自己的感觉呢？一开始真的有哭笑不得的感觉，然后呢？便是满满的感动了。

今天是我阳历的生日，印象中阳历和农历同一天过好像不只一次，但今天绝对只是阳历生日。印象中我的生日在情人节那天也有几次，但那样的生日几乎每一次都是一个人过的。有时候可能是因为上学孤身一人在外，从没有主动跟任何人说起过。有时候的确是因为没有情人也没有人想着要和我一起过。

首次登录 QQ 是心情的颠簸时期，电话和师范时一位无话不谈的好友交流，她让我登录 QQ。意外和羞惭的是我那时候根本就没有 QQ 也不懂，后来在儿子娴熟的帮助和操作之下有了我人生以来第一个 QQ 号，虽然曾经封笔一段时间，还是一直用到现在，那里记录的是一个五颜六色的我，有些任性相对真实。但从来不曾收到过礼物，那些虚拟的礼物也一次不曾有过，原因很简单：我用的是网名假地址假生日。

那时候喜欢和陌生人说话，因为可以肆无忌惮。岁月终于开始沉淀，洗涤过滤完了很多的浮华之后，留下的是自己认定的，于是便郑重地改了地址，也郑重地改了真正的阳历生日，因为喜欢看每次打开手机后水瓶座的每日运势和忠告，也喜欢生日的时候有礼盒和鲜花飘落，只是把年龄改成了100多岁。我喜欢真实的东西，有时候偏偏拒绝真实，宁愿让自己活在编织的梦幻之中。谁说只有孩子才可以做梦呢？如果愿意，谁都可以一直做梦，做到老去，做到死去……

我现在是有两个QQ号的，一个是因为小孩子们渐渐长大开始向我索要，6年不过弹指间，我又怎么好意思拒绝呢？可我总不能让自己乱涂鸦的心情展示于天真无邪的孩童眼前。在孩童面前，很多时候我们是伪装者。即便如此，我依然希望他们看到真实的可以和他们在一起的另一面的我。人其实是有很多面的，这个是你那个也是你。于是我又申请了一个新号，当然这个新号仍然是儿子帮忙操作的，这个号的我老夫子一样很像老师，不是很像，是就是。于是，我打开了很久，一直在忙着收礼物和祝福。

生日是什么？是你出生的日子。是你不情愿地被打着来到了人世，发出一声惊天动地的哀鸣。生日是什么？是母亲受难的日子。有时候甚至是一条生命换来了另一条生命，我的一个姨娘就死于生产，虽然我一点都不记得她，但她的孩子非常健康。抱养母亲的外婆也是死于生产，大血崩，只是她连孩子都没有能够留下来。我挺着大肚子的时候，我那个在别人眼里有点不靠谱的舅妈说了一句大实话：“生孩子的时候，屋子后面有一个棺材在等着。”于是很多人都去怪她：“孩子要生了，说什么怪话呢？”她其实只不过是说了一句别人不会说的实话，所以生日是母亲的受难日。

人们都喜欢庆祝生日，庆生的目的到底是什么呢？我这样问着的时候自己也没有找到答案。没来得及思考我的脑海里又闪出了答案：有人关心你有人爱着你有人在乎你。所以你的生日每一个人都可以忘记的时候，母亲不会忘记。她会为你煮一顿好吃的，或者为你买一个蛋糕。因为你是她的心肝宝贝，是她生命的延续，你来到人世间的时候肯定是她当初爱的结晶。没有哪一段婚姻是为离婚为目的的，当初每一对走到一起的两个人都是冲着好来的，都是想执子之手与子偕老，相濡以沫的，哪怕后来劳燕分飞。但永远不要怀疑，当初曾经相爱。然后最在乎你的生日的人往往就是最爱你的那个人，他可能就是你的另一半，可能即将是或者希望是也可能永远都不会是，因为他爱你，所以他在乎，所以他希望在这个日子把他的爱全部展示给你，这种爱是不同于母爱的，母爱是温暖是阳光，这种爱更多的是宠溺，因为彼此愿意在一起，因为看到彼此是那么的幸福满满。

在我印象中最深刻的生日只有一次，那时多大我已经忘记了，其实那时候我不小了，只我的心一直稚为孩童。那次很兴奋地带了一个朋友回家，到家后却发现一切都是冷冷清清的，没有想象中热腾腾的饭菜，母亲躺在床上，锅里放的是剩着的米粥，我当时又尴尬又难为情，想哭。我相信我没有恨母亲，但我真的很难受，我感觉到了失落，我觉得不可思议和难以理解，今天是我生日啊！母亲为什么只让我吃剩粥？至于到底为什么当时脑海里是没有认真思考的，后来怎么样的我已经完全忘记了，甚至还有没有其他人我也一点都不记得，但那份沮丧一直深埋在我的心底。我是个多么粗糙和没良心的孩子啊！我只顾着自己的感受，我相信母亲那时候只是生病了，这是我多年以后的感受，但那份沮丧一直到现在都挥之不去。我也知道为什么，因为我那时候一直以为母亲不喜欢我，这样的感觉延续了很多很多年，我甚至能举出不少例子。当然母亲直到现在都不承认，后来长大了，我有曾经跟她说起过，说着说着就委屈地哭了，弄得母亲非常尴尬，但她依然不承认！我已经原谅母亲了，也许相对于姐姐的懂事和弟弟的调皮，我的固执更不讨人欢喜吧！只是现在我柔软的心里只想呵护她照顾她！

所有的礼物中印象最深的也只有一次，那个曾经深爱过我的男人，他几乎没有送过礼物给我，我不知道他后来有没有送过别人，但他肯定没有送给我的习惯。有一次我终于忍不住开口了，我过生日哎，送给我礼物吧！于是那天我在灶台忙碌的时候，转身间看到了一个小蛋糕和一个小帆船，那只船金光闪闪，还能放音乐。我记得当时我可能嗔怪了：怎么买这样的礼物？可我的心是跳跃的欢喜的……

逝去的都可以忘记，但有些记忆成就了永恒。我曾经是个过于细腻的孩子，细腻得近乎有些病态，有些过分有些计较。终于有一天，我连自己都不记得这个日子了，有时候甚至在过去之后才想起。这两年却又收获了另一番风景：亲人和朋友。总有人会在乎着你惦记着你，我收着越来越多的祝福，年前就有朋友电话告诉我，跟孩子商量要没收他所有的零花钱和压岁钱，孩子只问了一个问题："可不可以留一点，给周老师买礼物。"是的，也许只是一点，那承载的岂是一点？身边其实一直不缺少爱，更多的时候只是被自己忽略了。经年的生日都有相熟的朋友相约，几乎都被自己拒绝了。许或真的老了，许或真的很享受被在乎的感觉，许或明白了一个道理：你不付出就不要指望收获，你不接受爱其实也是怕付出爱。于是慢慢地慢慢地尝试着接受，真的是快乐多多！快乐多多！

突然想起一个故事：一个女孩失恋分手了哭着去见上帝，上帝问她为什么这么难过。"他离开了我。""你还爱他吗？"女孩重重地点头。"那他还爱你吗？"女孩想了想哭了，上帝笑着说："那么该哭的人是他，你只不过是失去了一个不爱你的人，而他失去的是一个深爱他的人。"说得多好，失去的就是应该失去的，得到的也是应该得到的，如果在乎就不要计较天平上的斜度，如果离不开就不要纠结。

明媚的春光在窗外徘徊，光阴又溜了一个季节，蜷缩的身心在春天里苏醒，恍如隔世的欣喜。一切美好都在来的路上，把日子过得栩栩如生，让生活在潮涨潮汐间丰盈。有一个地方叫初心未改，有一个人的名字叫永远等待。热闹与冷清都是最美的，珍惜每次遇见。

# 写在元宵

今天是元宵节。元宵节是年节的压轴节目，过了，春节也就结束了。元宵节不是小城独有的风景。从古到今，大城小巷，都市乡村，都有。算是普天同庆的日子。

元宵节晨起的第一件事是吃汤圆。小时前一天的晚上母亲便会碾了炒熟的花生米加了糖做了馅儿，箩筛了糯米粉调成团搓成条掐成块儿压了窝，馅儿放进去收了口在手心里搓搓搓，一个个光溜溜圆溜溜的汤圆便在箩里或筛里快活地圆着了。一早起来母亲直接把水烧滚了便将一箩筛的汤圆下进锅，眼见得沉下去的小球白了一圈儿胖了一圈儿地在水里跳，便喊我们起床。汤圆成双成对地盛，四六八不等。现在汤圆的馅儿丰富了，花生的、荠菜的、芝麻的、猪肉的……不胜枚举。而且自家包的不多，买的不少。最喜欢黑芝麻馅儿的，软糯的外表下隐隐看见里面莹莹的馅儿，盛在瓷白的碗里，捞起，轻咬，轻啜，软糯香甜，那是童年的味道。

中午丰盛的菜在年的余烬里已不再渴望，重头戏在元宵节的晚上。

在小城不知不觉二十余载，初来时几年元宵节的夜晚最是热闹。待不得夜黑，街上已满是提着花灯拖了灯笼的娃儿，身边跟着爸爸妈妈爷爷奶奶，个个身上簇新，人人脸上明媚，春天的花儿般赶趟似的冒出来举家前往街上。你会突然明白万人空巷人山人海人头攒动摩肩接踵就是描摹眼前的场景，仿佛四面八方角角落落旮里旮旯的人全冒了出来，一个劲儿地赶往跃进路。交警全员出动，所有城区主车道全部封路。除了行人任何车辆都进不了，你就算是进了也出不来。在人堆里面挪动最惬意的便是东张西望，那种热闹与快乐只有身在其中的人才能感受到。突然人群有了骚动，个个挤着往边上让，便是有大家伙来了，倘若牛年，便是和牛一般大的牛灯笼；倘若羊年，便是大过羊几倍的羊灯笼……都有轿车大小，很是拉风。那拉着灯的，满脸的自豪，此般大灯笼多是手工制作，活灵活现，气势非凡。有时能看到一排溜，大家都往海阳路赶。要看排场大的，得赶到海阳路，一群群的老年人，穿红着绿，扑粉抹彩，舞狮舞龙踩高跷扭秧歌，伴随着锣鼓喧天，把个元宵节捣鼓得热气腾腾。

街上到处张灯结彩，火树银花。满城灯火，满街游人，众皆狂欢。

夜渐行渐浓的时候，四周便此起彼伏爆竹声声，一串串的烟花拔地而起，在空中绽放，洒下漫天星雨，如菊如盘，绚丽多姿，美轮美奂。孩子们也点燃手里的小烟火钻进人堆，引来阵阵尖叫与哄笑。

人群渐渐分散，钻进各家大商场、文化宫和少年宫猜灯谜。我总喜欢邀了姐姐同去。一年文化宫猜谜，拎了好几条肉肉的厚毛巾。洗衣粉毛巾糖果总会带来意外的惊喜，这是多少的钱都买不到的。

小时乡下，元宵节的晚上最快乐的莫过于舞兆火，同村的所有小伙伴汇聚到打麦场上，各自拎了自己准备好的笤帚扫帚的尾巴爪儿和稻草秸秆捆绑的把儿，浇上火油点燃后冲向近前的麦田，一边欢呼一边奔跑着在麦田里转圈儿，兆火在手里闪成光圈儿闪成金丝银线闪成曲曲弯弯的河流，似乎入了梦境，心也随着兆火挪腾跳跃飞扬。

元宵节还是我的生日。有时会想：在春天出生的牛应该是勤劳且辛劳的吧！这是个不容易忘却的日子，小时候父母会在这天中午盛了第一碗饭给我，至今不明白为什么，好像所有过生日的当天中午都会吃第一碗饭吧！现在会想：第一碗饭应该给母亲吃才对呀！中午要求母亲吃第一碗时母亲却不肯。养儿方知报母恩，生育的过程是极其痛苦与艰辛的，母爱，永远是最无私最温情又最强大的。无论今生走多远，永不会忘记我们生日的当是母亲吧！虽是普天同庆的日子，有时也会到夜晚灯光阑珊时才蓦地惊觉，今天是我生日呢！其实就是一个普普通通的日子，因了有人念着有人在乎赋了意义才有了不同。于是，生命长河中的每一天都普通且丰富着。

姐说她记得我的出生，她那时已经6岁了，父亲让她到屋山头去等。她便去了，她觉得等了好久好久，不时跑到屋前大声问：好了吗？好了吗？于是我终于在姐姐的期盼中由天使降落凡尘，成为肉肉的婴儿，每个婴儿出生前都是天使。看来期盼我的不仅有父母，还有我的姐姐，我的幸福定当又多了一份。

去岁今岁，纷纷扰扰的日子逐渐平静，回首凝眸，有好多被忽略的友和被忽略的温暖重新拾起。早就收到了好多祝福和礼物，早就有好友相约，真是孩子心性童心未泯，竟至有些矫情，静下来的现在，自己也羞了。

元宵节和中秋节都是有活动的日子，人们都盼着晴天，可老天天老心不老，常会捉弄人，外面的雨击打着车顶窗棂，雨刮器上上下下地凌波微步，啪啪啪也好，滴嗒嗒也好，怦怦怦也罢，都似为我一个人燃放的烟火爆竹。突然想起辛弃疾的《元夕》：东风夜放花千树。更吹落，星如雨。宝马雕车香满路。凤箫声动，玉壶光转，一夜鱼龙舞。蛾儿雪柳黄金缕，笑语盈盈暗香去。众里寻他千百度，蓦然回首，那人却在，灯火阑珊处。似乎也特意辗转千年，今次送到我手边，为我写着今天。古人无复洛城东，今人还对落花风。年年岁岁花相似，岁岁年年人不同。人还是那个人，奈何沧海已桑田！

# “偏安”一隅

住了有 20 年的小城，还是让我有远离了的心思。

小城之所以为小城，自然不大。老城区中心原本一横一竖两条主干道，其他的横的竖的终究是有点偏了，而我现在居住的这个地方，无论是主干道还是偏道，都是在横道的顶尽头，所以可以称它为城边，它的确是在小城的最东南角最偏的地方，称它城边还算与城占个边儿，说它城郊我觉得一点儿都不过分。只是现在没有城郊一说了，随着开发商的一波一波的房子的隆起，所有的城郊都归于城了，城东城西城南城北，叫得好听，房价自然也就可以芝麻秆儿般节节攀升。

其实叫它乡村也不过分，因为一河之隔，大片大片的都是农田。住到这里纯属偶然，别说是人，偏是一草一木一屋一房也是有缘分的吧！无意中与友聊起，不经意的一望，就定下了，住下之后更是钟情了。

这里是寂静的，倒不是因为地理位置，这里的房屋其实是非常密集的，主要是城边的一个村庄的拆迁安置房，前面的若干房子都被村民住着了，开发商当时不知道是有意还是无意建得多了，便多了几栋成了商品房。安置房在前头，几乎是住得满当当的，商品房零零散散的每栋楼没有住几家，我所居住的这栋楼住户算是多的了，差不多有三分之一。无论隔音效果怎样，那些本身爱串门的乡村居民，被一栋栋的高楼给隔开了，声音自然也就散开了，细小了，微弱了。加上空气加上风加上一个个鸽子窝式的空间，那些声音终于就被风弱化了消弭了，这样的寂静是我所喜欢的。

虽然寂静是这里的主旋律，但乡村居民的习俗还是让人头疼。才来的一段时间，隔三岔五的就会有锣鼓喧天，庆婚礼，庆生庆寿诞，弄璋弄瓦之喜。这里的居民总喜欢请歌舞团，探照灯一样的光束忽东忽西忽交叉忽分开，在各个楼房上照来探去，自得其乐，把夜空映得着火了似的，音乐震天响，如沸如撼从白天到黑夜甚至到凌晨不能平息，搅得人心烦意乱，疲乏不堪，加上有上学的孩子，开始的时候直觉得是来错了。好在不知是不是拆了房子少了地上班族多了，反正不知道从哪天起，所有的娱乐活动几乎都是在傍晚时分开始，晚上 10 点戛然而止，大抵还是安分的。

既然大多是一个村子的居民，从独门独院里搬到这里来很多人还是不情愿不习惯的。每逢盛夏的早晨，日出之前，有凉风习习而过，小区的大门北侧便有团团聚的居民。藤椅，竹塌，小板凳，小椅子，如雨后春笋般排排放，有大姑大姨边剥着豆子边家长里短，有大爷大叔在简易的台子上下棋，有年轻的媳妇儿在给孩子把尿，看着我牵着狗散步便会对哭闹的孩子说：快点尿，尿了给狗狗吃。而我的狗便会狂吠几声，表示心中的不满。夏天傍晚时分，日光渐渐隐去，忙累了一天的人们便会呼朋引伴，到小区对面的小区西边的公路上，在昏黄的灯光下优哉游哉，而我此时也会牵了狗与他们不期而遇，有时会跟了一群人有时会独行。

小城这一隅是没有夜生活的。入了夜，蒙蒙的路灯都似乎在打瞌睡，幽幽地苍白着，极少有人走动，坐在客厅躺在卧室耳朵里能捉到的，只有各种小虫在春夏秋三季开演唱会，远处狗的吠叫也不热烈，还有滴滴答答的雨声显得无精打采，从旷野里楼道间呼啸的风比较猖獗，日复一日，年复一年地作怪。

我所居住的楼下有一对老夫妻，不知道多大年纪了。因为乡村野风总爱把人们吹得黝黑，让你辨不出他们的真实年纪。说是老夫妻，因为他们儿孙满堂，逢了节假日，一个个便会开了汽车前来。因为老夫妻住的吃的地方分开，弄的楼下的一个车库烧饭做菜，除了女人，其他的晚辈便会在外面转悠，有爱说话的还会和我唠嗑几句。老夫妻的儿子似乎都很有出息，一次他们主动跟我说起，但做的什么工作我终究是没有放在心上，好像一个是做生意的老板，另外的混得也不错，有一个应该是在哪里做干部。但这对老夫妻一看就是很道地的农民，从没有闲着，拆迁之后好像还有些许许的田地，我曾经看到他们把花生大豆弄到小区里来，另外老夫妻还在附近的工厂里打工。第一次交往是因为老妪的钥匙放在家里了进不了家门，我主动帮她打了电话给老头子，后来有一次我的车棚儿门打不开，老人忙活了半天，想尽了办法，都没有能解决，最终喊了自己的一个侄子过来，帮我渡过难关。老夫妻有一个共同的口头禅，无论你说什么，他们都喜欢说“好的”。比如说，我看到他们问候早，他们便问我“干吗的？”我说“送孩子的”，他们就会说“好的”。再比如说他们看到我在小区里转悠就问我“今天没有上班吗？”我说“是的”，然后他们会说“好的”。开始我觉得有些好笑，后来觉得真的好的，都挺好的。

小城的这一隅，让我有了几十年来从不曾有过的消闲与安逸，无聊的时候，快乐的时候，只要带上我的小狗，到小河边，到田埂上，看看劳作的人们，看看沿途的风景，踏上绿茵茵的田野，拍几张照片，便感觉美好就在眼前，希望近在咫尺。这里的生活是悠悠的，人们脸上绽放的是心满意足的笑容，认识的不认识的见了面都会点头微笑。时光是缓缓的，又是从容的，便在这份简单朴素中，让我浅笑嫣然，“偏安”于此。

# 如欲相见，我在各种悲喜交集处

——读木心的《哥伦比亚的倒影》

第一次接触木心，是在一个友友的空间。对木心的认知仅止于他应该是一位文章写得还不错的作家。然后某天，博学的朱朱大力推荐木心，并赠我几本木心的作品，于是木心这个人和他的作品走进我的视野。

翻得最多的是他的散文集《哥伦比亚的倒影》，有事没事总翻翻，因为有些文字写得太美，措辞雅致，让我不忍释卷，比如《竹秀》："下雪时，雪初霁时，无风，并不凛冽，比夏令还爽亮，雪光反映入室，天花板一片新白。"行文舒缓，意境唯美，以独特的视野，写出了雪后的美景。

再如《林肯中心的鼓声》："鼓声，单是鼓声，由徐而疾，疾更疾，忽沉忽昂，渐渐消失，突然又起翻腾，恣肆癫狂，破石惊天，戛然而止。再从极慢极慢的节奏开始，一程一程，稳稳地进展……终于加快……又回复严峻的持续，不徐不疾，永远这样敲下去，永远这样敲下去了，不求加快，不求减慢，不求升强降弱，唯一的节奏，唯一的音量……”，用了数百字描摹鼓声带给自己的感受及震撼，其细腻的笔触，敏感的思维和强悍的文字功底跃然其中。

翻得多还有一个重要的原因，有的文章数遍我都不大读得懂，就如其中的《哥伦比亚的倒影》。木心的文学造诣很深，爱用一些罕见生僻的字，行文古奥，我常常猜不来，没法就查字典。开始还会焦虑于读不懂，慢慢我倒不急了：没事的，多读几次，一定会懂的。那读得懂的，读得更多，读得兴致来了，再翻翻读不懂的，如此反复，总也有了自己的一些想法与见地。

读木心，你可能会欣赏他的文字，也可能会惊艳于他的奇思，比如《林肯中心的鼓声》，当作者在自己的蜗居中，听罢鼓声，并为之赞叹不已，偏又看不到听众的“剧烈鼓掌”，听不到观众的“吆喊”时，“我心里发急，鼓掌呀！为什么不鼓掌，涌上去，把鼓手抬起来，抛向空中，摔死也活该，谁叫他击得这样好啊！”这是怎样的异数，谑而近虐到恶毒，无非是想表达内心的大欢喜大崇拜罢了。又有几人能用这样的文字把内心的情感抒发得淋漓尽致？阅读要有些文学积累，学习用词是阅读的最大收获，理解并驾驭一些文中的字词，这是我读《哥伦比亚的倒影》的一大收获。

读文如见人，尤其是这样真性情的散文。木心，中国当代文学大师、画家，在台湾和纽约华人圈被视为深解中国传统文化的精英和传奇人物，出版多部著作。他自身的气质、禀赋，落在任何时代都会出类拔萃，而偏偏最宿命地落在那个读书人最悲催的历史时期——“文化大革命”，先后两次牢狱之灾，本是注定了要枯萎夭折，倘若不是内心强大，在狱中尚能与大师对话，便当如何？后来出狱定居美国，沉默数十年，终于蜚声海内外。

生活的经历也注定木心的文字是刻薄的，讽诽戏谑在他的文字中几乎随处可见。如《哥伦比亚的倒影》：“生命是什么呢，生命是时时刻刻不知如何是好。”《论美貌》:“美貌是一种表情。别的表情等待反应，唯美貌无为，无目的，使人没有特定的反应义务的挂念，就不由自主被吸引，其实是被感动……人老去，美貌衰败，就是这种表情终于疲惫了。老人化妆、整容，是强迫坚持不疲惫，有时反显得疲惫不堪……美貌的废墟不及石头的废墟，罗马夕照供人凭吊，美貌的残局不忍卒睹……唯有极度高超的智慧，才足以取代美貌。也因此报偿了年轻时期不怎么样的哲学家科学家艺术家，老了，像样起来了，风格起来了，可以说好看起来了——到底是一件痛苦的事。”文字中隐含深意，话中有话、正话反说，对生命的理解是他前半生生活的最好阐述，对美貌的理解更是深刻精辟，内心的充实与强大才是永远不会凋零的花。虚虚实实，实在是写作的高手。

木心的文字，罕见地富有人本感情与文化表情，他是用纯粹的个人品质与文化素养来写思维，来表述他对世界的认知与感怀。就冲这一点，我也无法不对他景仰。他的许多看似乖张的文字，常常是一针见血。如《九月初九》“中国人既温暾又酷烈，有不可思议的耐性，能与任何祸福作无尽之周旋。在心上，不在话下，十年如此，百年不过是十个十年，忽然已是千年了。”再如 :“生活，是安于人的奴性和物的奴性交织。”人生正道是沧桑，这些文字，每句都要让我想上一遍又一遍，也许要想上十年八年。让我懂得了另一种阅读 : 不懂、学习、懂得，如此反复运转，运转出一派宁静祥和。

我不敢自诩为读书人，但我的确是一个喜欢读书的人。从小到大我都是在书香的浸润中度过。相较于木心的文字，我这辈子读过的书浅显而简单，一如我这个人。毫不夸张地说，木心先生的文章在我目前读到的文字中最是独特、深刻、广博。

如欲相见，我在各种悲喜交集处，你若寻找，我在人情最浓处。对我而言，木心先生，就是横空出现，令我感到无比震惊和亲切，震惊于木心悍妇般的奇字和独树一帜的表达方式，亲切于他的直抒胸臆直面人生，他以自己独特的个性与视角阐述了很个人的所见所思，不媚俗，不讳言。他的文字更像是写给自己看的。

仁者见仁，智者见智。其实每个人对文字的感受和喜好是不一样的，就像看戏。各看各的戏，各入各的眼。有人喜欢读励志的警世名言，时时警醒自己向着更高的目标前进；有人喜欢读那些风情妩媚玲珑的小字，让自己躺在书页上倾国倾城；而我现在更喜欢读一些温暖质朴的文字，字里有禅意，语里有风骨，看似简单随意，却意蕴深邃，这样的文字看起来养眼读起来舒心。我想木心的文字应该是这样的：最好的时候，给你精神的享受，最糟的日子，给你力量，伴你走过那些艰难黑暗。正如木心的另一位读者竹叶青所说，“爱憎分明，着实可爱”“陪他欢喜，陪他悲恸”。